詩集　草の葉

W・ホイットマン

富田砕花 訳

第三文明選書12

＊本書はレグルス文庫191『詩集 草の葉』（初版第七刷、二〇〇〇年七月、第三文明社）を底本としました。
本文には、現在では不適切とされる表現が一部ありますが、原本を尊重し、発刊当初のままとしました。（編集部）

装幀／クリエイティブ・コンセプト

W・ホイットマン
(1819～1892)

仲間よ、これは書物ではない、
これに触れる者は人間に触れるのだ。
――ウォルト・ホイットマン

『草の葉』に寄せる

池田大作

『草の葉』

なんとみずみずしい、逞しき内容をはらんだ題名であろうか。そこに、青春がある、希望がある、自然がある。そして平等の対話がある——。

今、この本の奥付をみると、昭和二十四年五月三十一日の発行となっている。私の二十一歳の年である。

私が、この一冊を神田のさる書店で買い求めたのは、二十三歳の頃と記憶しているところをみると、発行直後のことではなかったらしい。ともかく買いたくて買った本だった。アカシアの花をつけた小枝が描かれた、水彩画の美しい表紙が鮮やかであった。五〇五ページという分厚い本である。当時の新刊本の紙質は、どれもお話にならぬ悪質なものが多い。しかし、この本だけは、上質の和紙に印刷され、なかなか立派で王者の風格があった。定価五五〇円を支払う時、私は財布が急に軽くなるのが、一瞬、気にかかったことを憶えている。いまなら二、三千円はする本であろう。

思いもかけぬ衝撃は、その後に待っていた。冒頭の「人の自主をわたしは歌ふ」という近代の人間宣言は、当時の私には強烈であった。

人の自主をわたしは歌ふ、一人の素朴な、個の人間を。が、それにもかかはらず発言する、〝民主的〟といふ言葉を。〝大衆と一団になつて〟といふ言葉を。

生理学に関しては頭のてつぺんから足の爪先に至るまで、わたしは歌ふ。
人相だけが、頭脳だけが、〝詩神〟にとつて価値あるものではない。敢へて言へば完全な〝人体〟こそ遥かにより価値があるのだ。
〝女性〟を〝男性〟と区別をつけずにわたしは歌ふ。

（旧訳）

私には命の讃歌とも響いた。ここには過去の亡霊はない。現在から未来への燦々《さんさん》たる眺望が、詩人の眼《まなこ》に映っているだけだ。それはアメリカという新世界の誕生と、新世紀の到来を予言したものであろう。旧世界の堅牢な、重い、ヨーロッパ文明との潔《いさぎよ》い訣別の辞でもあったのである。

ウォルト・ホイットマンは、人種的偏見を砕き、階級の壁をうち破っていった。そして、この世で風通しの悪いもの一切を憎み、未来の建設に汗をながす人びとの美しさを歌った。

彼は自分自身を最も真っ先に歌った。——一八五五年の初版本の巻頭の長詩「わたし自身の歌」がそれである。

富田砕花訳の一冊には、幸いにして、この長詩の完訳がのっている。

わたしはわたし自身を称揚し、またわたし自身をうたふ、
そこでわたしが身に着けるところのものは君にも着けさせる、
何故ならわたしに属する一切の微分子は同様に君にも属するのだから。

(旧訳)

この長詩をたどって行くと、中程に彼の人間像が鮮明にうかんでくる。

ウォルト・ホイットマン、一個の宇宙人、正真正銘のマンハッタン子、
騒動好きで、肥り肉《じし》で、肉感的で、よく食ひ、よく飲み、よく種づけるもの、

メソメソ屋ではなく、男たちや女たちのうへにはだかるものでもなければ、彼らから超然と離れてゐるものでもない。
無作法者以上に謙遜なものでもない。

このような詩人の眼には、新世界に躍動する森羅万象が、躍動するままに映った。彼は新世紀のいそがしい詩人であった。——山や河や海を歌い、原野や都会の一隅まで歌わねばならず、人間となると老若男女を問わず、農夫や鉱夫や労働者や、水夫や奴隷や娼婦まで歌いあげていった。さらに、暗殺された大統領や、挫折した革命家や、苦闘する開拓者や、戦争で傷ついたものや、夫を失った妻、わが子を失った母をも慰め、勇気づけていったのである。そして船や機械や摩天楼まで歌わなければ承知できなかった。

一個の宇宙人は、曇りない愛の衝動を信じて、自由と平等とを、民衆に頒《わか》ち与えるために、十九世紀のアメリカで懸命に歌いつづけて、この世を終ったのである。

敗戦後の占領下にあって——一人の貧しい青年であった当時の私は、この詩集とのめぐり合いを、いまは懐しく感謝している。私は、その頃の騒然たる灰色の風景のなかで、この書によって、未来を展望する術《すべ》を知った時、感動は愛着に変った。私は好きな詩をいくつも暗誦し、深夜、家路をたどる時など、思わず小さい声で朗誦しさえした。ある時は、疲れた体を、神宮外苑の芝生の上に投げ出し、手にしたこの詩集に読み耽った秋の日もあった。——いまも、この本のなかに、黄ばんだ銀杏《いちょう》の葉が三枚はさまれている。

『草の葉』は私の青春とともにあった。いや、この詩集に青春があったのであろう。勇気も、未来も、熱情も、青春が必要とするすべてのものが、詩人の祈りとともに、この一巻にあったといってよい。

いま静かに思う時、ホイットマンの出現は、その当時、異端の詩人と思われたにちがいない。だが、彼の最初のただ一人の理解者があった。エマーソンは、彼の詩を「太陽光線」として讃嘆して、手紙を書いておくったという。原始の太陽から、厚い雲間を通して、強烈清澄な光線が、地上に達した思いがするのは、私ひとりではないはずである。私はたしかに温められ、今日の使命に自信をもった。

この詩集の出現から、はや百年以上が過ぎさっている。だが、ホイットマンみずから歌ったように――「仲間よ、これは本なんてものぢやない、これに触れるものは人間に触れるのだ」(「さらば!」)ということであろう。私にとって生涯、忘れがたい一冊の本である。

詩集　草の葉　目次

本文レイアウト／株式会社デジタルワークス・アイヴィエス

詩集　草の葉

〃人の自主〃をわたしは歌う

〃人の自主〃をわたしは歌う、素朴な、個の人間を、
が、それにもかかわらず口にする、〃民主的〃という言葉を、〃大衆と一緒に〃という
言葉を。

生理機能なら、頭のてっぺんから足の爪先にいたるまでわたしは歌う、
ただ面相だけばかりではない、脳味噌だけばかりでも、一本立ちでは〃詩神〃にとっ
て価値はない、あえて言う、五体そろった〃形態〃こそはるかにより価値があるのだ、
〃女性〃を〃男性〃と平等にわたしは歌う。

〃生〃のありようは、情熱、脈搏《みゃくはく》、体力がすてきで、

快活な、素晴らしい法則のもとで作り上げた比類ない自由民たる行動の味方、
〝新人〟をわたしは歌う。

黙ってわたしがつくづくと考えたとき

自作の詩篇に立ち戻って、熟慮し、長いこと足ぶみしながら、
黙ってわたしがつくづくと考えたとき、
一つの〝怪象〟が疑い深いおももちでわたしの前に立ちはだかった、
それは美しい、年老いた、威厳のある、恐怖をおこすに足るものだった、
古い国々の詩人たちの天才は、
その両眼を焔のようにわたしに向けているようだ、
多くの不朽《ふきゅう》の詩歌をさし示しながら、
突き通すような声音で、〝おん身は何をうたうのか？〟と、それは言った、
〝永遠不滅の詩《うた》びとたちにとってただ一つの命題よりほかに存在しないのをおん身は
知っているか？

それは〝戦争〟の命題であり、一つ一つの戦闘の勝敗であり、
完全な兵士たちをつくることなのだ。〟

〝それはそうであろう〟そこでわたしは答えたのだった、
〝わが身もまたどんなものにも劣らぬ一層長期な、一層大きな戦争を同様にうたう誇
り高い幻影なのである、
それは自分の本のなかで、幸運だったり不運だったり、いわば遁走《とんそう》、前進、退却といっ
たもので遷延し、逡巡《しゅんじゅん》して決しない勝利を、
（しかも確実に、でなければ最後には恐らく確実と同じように自分は考えるのだが、）
戦場、現世で闘争したのだ、
一所懸命、〝肉体〟と永生の〝霊魂〟を賭けて、
見たまえ、戦闘の歌を高唱しながら自分もまた来るのだ、
わたしはあらゆるものを超えて勇敢な兵士たちを鼓舞するものである。〟

海上の客船で

ビュウビュウと鳴る風や、波浪、倨傲《きょごう》な波浪の音楽と一緒に、
どっちの方向にも無限の紺碧がひろがる客船で、
あるいはまた濃密な海上にポツンと浮かんだ物さびしい帆船のなか、
そこでは自信たっぷりで喜ばしげに白帆を張って、
彼女は白日のかがやきや泡立ちのなか、あるいはまた夜の数多い星々の下、エーテル
　を分けてゆくが、
陸地を思い出させるものであるわたしが偶然にも老いたまた若い水夫たちによって読
　まれるだろう、
所詮は密接な交感をもって。

〃ここにはわたしたちの思うこと、航海者たちの思うことがある、
ここには陸地、固定した陸地、それだけが顔を出しているのではない〃と、こう彼ら
によってつぶやかれるかも知れぬ、
〃大空はこのところに弧線を描いておおいかぶさり、わたしたちはわたしたちの足の
下にうねる甲板を感じ、
わたしたちははてしのない運動、潮汐の干満、ゆるい脈搏を感じる、
目に見えることのない神秘の音調、海水の世界のとりとめのない茫漠《ぼうばく》とした示唆、液
体のように流れる綴音《ていおん》、
香気、索具のかすかな軋《きし》り、憂鬱《ゆううつ》な韻律《いんりつ》、
際限のない見通しと遠いぼやけた水平線がここに集まっている、
そしてこれこそ大洋の詩なのだ。〃
そのときこそ、おお、本よ、ためらわずに君の約束ごとを果たすのだ、
君は陸地を回想させるものだけではない、

君はまたどこをわたしが目的としているかわからないが、しかもなおいつも信念に満
　ちてエーテルを分けて進む一隻の物さびしい帆船なのだ、
帆走るあらゆる船と一緒になって、君は帆走る！
たたみ込んだわたしの愛を彼らのところへ持ち出してやってくれ、(愛すべき船乗り
たちよ、諸君のためにわたしはどの一ページにも愛をたたみ込むのだ、)
急げ、わたしの本！　倨傲《きょごう》な波浪に逆らうわたしの小さい帆船、君の白い帆を張りひ
　ろげることだ、
うたいつづけろ、帆走りつづけろ、どこの海へでもわたしからはて知れぬ紺碧を乗り
　越えて持って行け、
船乗りたちとそしてあらゆる彼らの船々のため、この歌を。

諸外国に

諸君が〝新世界〟というこの謎、
明確なアメリカ、彼女の筋肉たくましい〝民主主義〟を解きあかす何ものかを要求し
　ているのをわたしは耳にした、
そのゆえにこそわたしは諸君にわたしの詩篇を送る、そうすれば諸君は諸君の欲する
　ところのものをそれらのうちに見るからである。

歴史家に与う

君、過去を礼讃《らいさん》するもの、
諸人種の上っ面、それ自体をひろげてみせたところの生活、外側だけを探求したもの、
政治、もろもろの集合体、統治者たち、また僧侶たちの従属物として人間を論じたも
のよ、
アレゲーニ山脈の住民であるわたしは彼自身において、彼自身の権利において装い飾
ることなく彼を論ずるのだ、
まれにそれ自体（彼自身において人類の偉大な矜持《きょうじ》である、）をひろげてみせた一生
の脈搏《みゃくはく》をおさえながら、
まだ形成されない輪郭をえがきながら〝個性〟の頌歌《しょうか》者、
わたしは未来の歴史の投影図をかくのである。

古なじみの大義よ、おん身に

古なじみの大義よ、おん身に！
おん身、比類のない、激情に富んだ、立派な大義、
おん身、峻厳《しゅんげん》で、無慈悲で、甘美な想念、
歳月と、人種と、国土とを一貫して不死のもの、
奇異な、惨憺《さんたん》たる戦争、おん身のための大戦争のあとでの、
（わたしは考えるのだ、おん身のためにあらゆる戦争は時の見境なくほんとうに闘わ
　れたし、またいつまでもほんとうに闘われるだろう、と、）
おん身のためのこれらの頌歌《しょうか》、おん身の永遠の行進歌なのである。

（一つの戦争は、おお、兵士たちよ、それだけで終わるものではない、さらに、さ

らに多くのものが、黙ってうしろの方に待ちながら立っていた、そして今こそこの本のなかで進軍する。）

数多い天体のなかの天体であるおん身よ！
沸き泡立つ原理であるおん身よ！　よく保有された、隠れている胚種《はいしゅ》であるおん身よ！　核心であるおん身よ！
その憤怒を結集し、大義の火の出る勝負で、
おん身の想念のめぐりを戦争はぐるぐるするのである、
（一千年に三度だけ来るだろううまれな大結果をもたらして、）
おん身のためのこれらの朗詠調――わたしの本と戦争は一つのもので、
わたしとわたしのものとはそれの精神に吸収することあたかも勝敗がおん身に蝶番仕《ちょうつがい》掛けになっているがごとくである、
それはまるで枢軸を中心に車輪が回転するように、この著作集はそれ自体では気がつかないで、

おん身の想念をぐるぐると回る。

幻像たち

わたしは一人の先見者に出会った、
世界のとりどりの色合いと物象、
芸術と、学問と、悦楽と、感覚の場を通り過ぎながら、
幻像たちを拾い集める。

おん身の頌歌《しょうか》のなかにうたい込めよと彼はいうのだった、
頭を混乱させる時といわず日といわず、裂片や部分、そんなものはうたい込むのをやめ、
何ものよりもまずあらゆるもののための光明であり、あらゆるものの序歌として休息
していなるものの前に、
幻像たちのそれの前に供えることである。

いつまでも薄暗い太初、
とどまるところを知らぬ成長、円形の回転、
不変の究極と最後の没入、(確実に再出発するための、)
幻像たちよ！　幻像たちよ！

いつまでも変わりやすいもの、
つねに変化し、崩壊し、も一度結合する諸物質、
いつに変わらぬ工房、神聖な工場は、
幻像たちを生み出すのである。

見たまえ、わたしも君も、
有名であろうと、無名であろうと、女も、男も、国家も、
こぞって中味のからっぽでない財産や、権力や、美をつくり上げている気でいるが、

ほんとのところは幻像たちをつくり上げているのである。

凋落《ちょうらく》する上っ面だけのもの、
芸術家の心持とか、学者の長年月の研究とか、
あるいはまた戦士の、殉教者の、英雄の刻苦するほんとの重要な部分は、
彼の幻像を形作るにある。

あらゆる人間の生涯の、
（思想も、感情も、行為もそれら何一つあますところなく集められ、位置づけられた人々、）
全部なり、大部分なり、小部分なりが総計され、つけ加えるのは、
それの幻像においてなのである。

この古なじみの駆り立て、

見よ、古代の尖塔《せんとう》に土台を置いた、より新しく、より高い尖塔を、
科学と近代とから層一層推し進められる、
　この古なじみの駆り立てを、幻像たちを。

　今、ここにある現在、
アメリカの忙しい、多産な、錯綜しためまぐるしさは、
合体と主体からの分離と、そのゆえにだけのために、
　今日の幻像たちを解き放すのである。

　これら過去と共にあるもの、
姿を消した国々の、海を隔てての諸王のあらゆる治世の、
古代の征服者たち、古代の遠征、古代の船乗りたちの航海は、
　幻像たちと合体する。

稠密《ちゅうみつ》、発達、建物の前面、
山々の地層、大地、岩石、巨木、
それら大昔に生じ、大昔に死滅し、あるいは長生をつづけるものは、
永遠の幻像たちを残す。

有頂天、恍惚《こうこつ》、陶酔、
見えるものといってはただそれらの生誕の身ごもるところだけで、
円体が傾いて形づくり、形づくり、形づくってやまぬものは、
力強い大地の幻像である。

時空のいっさいは、
（星辰《せいしん》、諸太陽の恐ろしい摂動は、
膨張し、崩潰《ほうかい》し、死滅し、それぞれの長期なり短期なりの目的に役立ちながら、）
幻像たちだけで満たされている。

寂然たる無数のもの、
河川が流れきわまる場所である無辺際の大洋、
視覚のように、離れ離れで、無数の拘束を受けない同一のものたち、
正真正銘の、実在するものこそ幻像たちなのである。

これが全人類でもなければ、
これが全世界なのでもなく、彼らが全世界なのである、
含まれた意味と結末、どこまでも生きつづける不変の生命であるところの、
幻像たち、幻像たち。

博識の教授、おん身の講義のむこうに、
鋭敏な観測者、おん身の望遠鏡や分光器のむこう、あらゆる数学のむこうに、
医師の外科術、解剖術のむこうに、彼の化学と取り組む化学者のむこうに、

実体の実体、幻像たちがある。

凝結せず、が、しかもなお凝結して、
つねにあるであろうし、つねにそうであったし、また現にそうであって、
現在を無限の未来にむかって運び去る、
幻像たち、幻像たち、幻像たち。

預言者と詩人は、
より高い段階においてでもなお彼らみずからを保持することだろうし、
〝現代〟に対し、〝民主主義〟に対し仲介をなし、しかもなお彼らに説き明かすだろう、
神と幻像たちを。

かくてわたしの霊魂よ、おん身に、
悦びがあり、絶えざる運動があり、有頂天があり、

おん身の思慕はついに充分に満ち足らわされ、邂逅《かいこう》するために準備された、
　おん身の親しい仲間たち、幻像たちと。

　おん身の長持ちする肉体、
おん身の肉体の内部、そこにこそ肉体は潜在していて、
おん身はその形態の含まれた意味に過ぎない、真のわたしはわたし自身で、
　一つの映像なのであり、一つの幻像なのである。

　おん身の歌そのものはおん身の歌のなかにはない、
うたうための特別な曲調とてもない、全く何一つない、
あるものはただ全体から結果として生じ、ついに上昇して漂い浮かぶ、
　円《まる》い、欠けるところのない球体をした幻像だけなのである。

来たるべき詩人たち

来たるべき詩人たちよ！　来たるべき雄弁家たち、歌唱者たち、音楽家たちよ！
今日は、わたしを是認し、またわたしが何のためであるかを答えにではなくて、
新しく生まれた雛《ひな》、土着の、強健な、大陸的の、かつて知られたどんなものよりも偉
　大な君をそうしに来たのだ、
奮起せよ！　なぜとなれば君はわたしを肯定しなければならないからだ。

わたし自身は未来のためにただ一つか二つの指示的な言葉を書くに過ぎない、
わたしは闇のなかに方向を転じ、急ぎかえるために一瞬の間を進むに過ぎないのだ。

わたしは全く停止することなく彷徨《ほうこう》しつづけ、君にその時々のまなざしを向け、それ

から彼の顔を避け、
それを証明し、また決定するために君にそれを残し、
君から主要なものを期待するのだ。

パウマノクを出発して

一

申し分なく産みつけられ、一人の完全な母によって育て上げられ、
生まれ故郷の魚の形をしたパウマノクを出発して、
多くの国々を遍歴したあと――人の往来はげしい舗装道路を愛するものとして、
わたしの都市であるマナハッタのなか、さてはまた南部地方の無樹の大草原のうえの
住民として、
あるいは幕営したり、背嚢《はいのう》や銃をになう兵士、あるいはカリフォルニアの坑夫として、
あるいはその食うものは獣肉、飲むものは泉からじかというダコタの森林中のわたし
の住居に自然のままのものとして、

あるいはどこか遠い人里離れたところへ黙考したり沈思するために隠棲《いんせい》し、
群衆のどよめきから遠のいて合間合間を恍惚《こうこつ》と幸福に過ごし、
生き生きした気前のいい呉れ手、滔々《とうとう》と流れるミズリー川を知り、強大なナイアガラを知り、
平原に草を食う水牛や多毛でガッシリした胸肉の牡牛《おうし》の群れを知り、
わたしの驚異である大地、岩石、慣れ知った第五の月の花々、星々、雨、雪を知り、
物まね鳥の鳴く音と山鷹《やまたか》の飛び翔《か》けるのを観察し、
明け方には比類まれなもの、湿地種のシーダー樹林からの鶇《つぐみ》の鳴くのを聴き、
〝西部〟にあって歌いながら、ただひとりでわたしは〝新世界〟へと旅立つ。

二

勝利、連合、信頼、一致、時、
破られぬ盟約、富、神秘、

永久の進歩、宇宙、そして近代の諸報告。

これこそ生命というものだ、
ここにこそそんなにも多くの痛苦と痙攣《けいれん》とのあとで表面に出て来たところのものがある。

何という不思議！　何という実在物！
脚下には神聖な大地、頭上には太陽。

回転する地球を見れば、
先祖の諸大陸は遠くに一かたまりになっているし、
北と南の現在と未来の大陸たちの間には地峡がある。

見よ、広漠たる人跡未踏の空地を、
夢のなかでのようにそれらは変化し、それらはいっぱいになる、

無数の大衆がそのうえに流れ出して来て、
それらは今や最大の人民と著名な芸術と制度で満たされたのだ。

見よ、時間をかけて放出された、
わたしのための無際限な聴衆を。

確固とした規則正しい足どりで彼らは行き決して停止することはない、
人々の連続、幾千万のアメリカ人がだ、
一つの世代がその役割を果たして過ぎ去り、
他の世代がその役割を果たして順番に過ぎ去って行く、
わたしの方へと彼らの顔を左右やうしろに振り向けて、聴耳《ききみみ》をそばだてたり、
懐旧のまなざしを向けたりして。

三

アメリカ人よ！　征服者よ！　人道主義者の練り歩きよ！
真っ先のものよ！　前進する世紀よ！　自由民よ！　大衆よ！
君たちのために贈る頌歌《しょうか》の番組。

無樹の大草原の頌歌、
長流して末はメキシコ海に注ぎ入るミシシッピー川の頌歌、
オハイオ、インディアナ、イリノイ、アイオワ、ウィスコンシンそれにミネソタの頌
　歌、中央、そこから等距離にひろがるカンサスの頌歌、
すべてに生気を吹き込んでやむときなく火の脈を搏《う》って射出する。

四

アメリカよ、わたしの詩篇を受け取れ、〝南部〟も〝北部〟も、
どこでも歓迎させるのだ、というのはその詩篇は君たち自身から生まれたものなのだから、
〝東部〟も〝西部〟も詩篇を包囲せよ、それは君たちを包囲するだろうからだ、
そして君たち先行者たちはそれらと親しく付き合うことだ、というのはそれらは君たちと親しく付き合うからである。

わたしは古代を研究した、
わたしは巨匠たちの膝下で学んだ、
今や、もし値するものであるならば巨匠たちは立ち戻って来てわたしに学ぶかも知れぬのである。

これら諸州の名においてわたしは古代を軽蔑していいだろうか？
否、それどころかこれらは古代の子孫であってそれを証明するものなのだ。

五

亡き詩人たち、哲人たち、僧侶たち、
殉教者たち、芸術家たち、発明家たち、昔からの諸政府、
異国の国語形成者たち、
かつて強力であり、今は衰亡して姿をかくしもしくは荒廃した国家群、
君たちがこちらの方へ漂い匂わせて残して行ったところのものをわたしが敬意をこめて信じないでは前進をつづけることをあえてわたしはしまい、
わたしはそれをくわしく読んだ、それ自体が賛嘆すべきものだ、（しばらくの間そのなかでうごめきながら、）

それ以上偉大なものは何もない、それが値する以上に値するものは何もないと考え、
長い間一向専念にそれを凝視したあとでそれを去らせる、
ここにわたしはわたし自身の時代と共にわたしの地歩を保つ。

ここに男性と女性の国土、
ここに世界の男子継承者、女子の継承者、ここに物質の燦然《さんぜん》たる光彩、
ここに女性解明者、公然と承認された霊性、
いつも進路をとっているもの、可見の形態の最終のもの、
満足せしめるものが長い待機のあとで今前進する、
そうだ、ここにわたしの女主人、霊魂が来る。

六

霊魂、

いついつまでも――大地が褐色《かっしょく》で堅硬であるよりもさらに長期に――潮水の干満するよりもさらに長期に。

わたしは物質の詩篇をつづろう、なぜとなればそれらは最も精神的な詩篇だとわたしは考えるからだ、
またわたしの肉体と死の詩篇をつづろう、
そのわけはそのときこそわたしの霊魂と不死の詩篇を自身に与えることができるだろうとわたしは考えるからである。

一つの州がどんな理由のもとにでも他の〝州〟に従属することが無いように、これらの〝諸州〟のための歌をわたしはつくろう、
また〝全州〟と、そしてそれらのどんな二つの間にも日夜を通じて友好関係をあらしめなければならぬところの歌をわたしはつくろう、
また大統領の耳に聞かせるために、脅威する先端をもった武器で充《み》ち満ち、

その武器の背後には無数の満足されなかった顔々がある歌をわたしはつくろう、
またわたしはつくろう、すべてから生じた〝一人〟の歌を、
その〝一人〟は抜刀をもってギラギラさせ、その頭はすべてのもののうえにある、
果敢で好戦的な〝一人〟はすべてのものを包含し、そのうえをおおう、
（何びとの頭がどんなに高くあるにしてもその頭はすべてのうえにある。）

わたしは現代の諸国土を是認しよう、
わたしは地球の全地理を跡づけて行って大小いずれもの都市に丁寧に挨拶《あいさつ》しよう、
被雇用者諸君！　君たちと一緒にあることは陸と海の上での英雄的行為であるという
　ことをわたしの歌にはさもう、
そして一人のアメリカ人たるの見地からすべての英雄的行為をわたしは報告しよう。

仲間であることの歌をわたしはうたおう、
孤独のものが最後にはこれらのものと結合しなくてはならぬところのものをわたしは

示そう、
わたしのうちにそれをさし示すこれらのものを男らしい愛の彼ら独特の理想を見いだし、わたしは信ずる、
そのゆえにこの身を焼き尽くそうと脅威したところの燃えさかる火をわたしからパッと燃え上がらしめよう、
長すぎるほどそれらのくすぶる火を押えつけていたところのものをわたしは取りのけよう、
完全な気ままをそれらにわたしは与えよう、
僚友と愛との福音《ふくいん》詩をわたしは書こう、
なぜとなればわたしをおいて一体誰があらゆるその悲哀と歓喜とをもつ愛を理解し得るというのだ?
またわたしをおいて一体誰が僚友の詩人たり得るというのか?

七

わたしは習性と、時代と、種族をすぐ真に受けるものだ、
わたしは彼ら生得の精神で民衆から進出する、
ここにこそ拘束のない信念をうたうところのものがある。

あらゆるもの！　あらゆるもの！　それが何であろうと人々をして無視せしめるがいい、
悪の詩をすらわたしはつくる、わたしはその部分をすら後世に残す、
わたし自身は善であると寸分違わず悪でもある、またわたしの同国人もそうである
——そしてわたしはいう、悪なるものは事実において存在せぬと、
（また仮にそれが存在するにしても、それは諸君にとっても、国土にとっても、また
わたしにとっても、他のどんなものとも同様に重要なものなのだとわたしは断言する。）

わたしはまた、多くの人々に追随しまた多くの人々に追随されて、一宗を開基しよう
と競技場に降り立つ、
(そこでわたしは声高の絶叫をあげ、勝者のとどろきわたる歓声をあげるようにわた
しは運命づけられているのかも知れない、
誰が知っているというのか？　それらはまだわたしからはあげられないであらゆるも
ののうえに高く飛んでいるのかも知れない。)

どの一つもそれ自身のためのものだけではない、
全地球と大空にあるあらゆる星々は宗教のためにあるのだとわたしはいうのである。

どんな人間もいまだかつて半分がほども満足に敬虔《けいけん》ではなかったとわたしはいう、
どんな人もいまだかつて半分がほども満足に帰依《きえ》され、礼拝はされなかった、
どんな人も彼自身がどんなに神聖であるかを、また未来がどんなに確実なものである

かを考え始めたことはなかった。

これら〝諸州〟の真実で恒久な荘厳美はそれらの宗教であらねばならぬとわたしはあえていう、
そうでなければ真実で恒久な荘厳美は存在しない、
（性格であれ、生涯であれ、宗教を除外してはその名声に値せぬものであり、
国土も、男も、女も宗教無くしては同様である。）

八

若い人よ、君は何ごとをしつつあるのか？
君は文学や、科学や、芸術や、情事にそんなにもむきになって、そんなにも血道をあげているのか？
これらの上っ面だけの現実、かけひき、ねらい所に？

手あたり次第の君の野心や仕事に？

それもよかろう――そうしたものにわたしは反対しようとはせぬ、わたしはまたそれらの詩人でもある、

だが、見たまえ！　そんなものは宗教のために速やかに引きさがって燃え尽きた、なぜとなればあらゆる有形物は熱、触知せられざる火焔、地球の不可欠の生命ではなくて、

そのようなものは宗教に対して何ものでもないからだ。

九

そんなにも思い悩んで、物も言わないで君は何を捜しているのか？
僚友よ、君が欲しいものは何なのだ？
愛する息子よ、君はそれを恋愛だと考えるのか？

聞け、愛する息子——聞け、アメリカ、愛する娘、さては息子、
度をすぎて一人の男なり女なりを愛することは痛苦に満ちたことである、しかもなお
それは満ち足らわしめる、それは重大なことだ、
しかも、他になお非常に重要なことがある、それは全体をして一致せしめ、
物質を超えて荘厳きわまりなく、そのものは手をやすめることなく掃き清め、あらゆ
るものを用意する。

一〇

君は知っているはずだ、一つの一層偉大な宗教の胚種《はいしゅ》がひとり大地深く落ちこぼれる
のを、
そうしたもののために一つ一つ次のような歌をわたしはうたうのだ。

わたしの僚友よ!
君と一緒にわたしは二つの偉大なものを分かち合う、ついで第三のもの、それは包括的で一層光輝にみちて生起する、
〝愛〟と〝民主主義〟の偉大さと、宗教の偉大さとだ。

見えないもの、見えるもの、わたし自身の持っているものの混淆《こんこう》、
河流が注ぎ入る神秘な大洋、
わたしの周囲を移動し、揺光する諸物質の預言を含みもつ精霊、
わたしたちがそれについて何も知るところのない空中の、今や疑いもなくわたしたちの身近くに同じようなもの、生物があって、
日と時との分かちなく接触し、わたしを解き放すことはなく、
これらのものは選択し、これらのものは暗示しながらわたしに要求する。

毎日の接吻で、少年時からこの方ずっとわたしを接吻してきた彼でないものが、

わたしのめぐりにまといつき、からみついて、彼へとしっかりわたしをつかまえる、
わたしはもう上天と全霊界にしっかりとつかまえられた以外の何ものでもなく、
それらはわたしに対してするだけのことをしたあとで命題を示唆《しさ》するのである。

おお、このような命題——平等者！　神のような平均人！
たった今のような、殻を出た、あるいは真昼時の、あるいは日没時の太陽の下でのさえずり、
世代世代を一貫してあふれ流れ、今やここに至りついた音楽的な旋律、
わたしは君の、手法を無視した、組み合わされた和弦を愛し、それらに加え、そして
　愉快に前方へとそれらを送る。

一一

アラバマでわたしの朝の散歩をしたとき、

野いばらの茂みのなかの巣のうえにうずくまって彼女の雛《ひな》をかえしている物まね鳥の
　雌を見た。

わたしはまた雄をも見た、
手のとどく身近で、咽喉《のど》をふくらまし、たのしげにうたうその声を聞こうとわたしは
　立ちどまった、
そしてわたしが立ちどまったとき、それは彼が真にうたうのはここにあったもののた
　めばかりではないし、
彼の伴侶や彼自身のためだけでもなければ、木霊《こだま》におくりかえされるどんなもののた
　めばかりでもなく、
それこそは遠いむこうにある鋭敏で、内密な、
やがて生まれいでんとするところのもののための送られた看視であり、玄妙な贈物で
　あることがわたしにはわかった。

一二

〝民主主義〟よ！　君の、手のとどく身近に、今こそそれ自体をふくらませてたのしげにうたっている一つの咽喉《のど》がある。

わたしの女人よ！　わたしたちを超えた、またわたしたちの雛《ひな》のため、
現前のものである人々のため、また未来の人々のため、
わたしは彼らのために今こそ地上にあってかつて耳にすることのなかった一層力強い、一層ほこらかな歌をうたい出そうとして欣喜雀躍するのである。

それらの行く手を妨げることなく激情の歌をわたしはつくろう、
また無法な犯罪人、君たちの歌を、なぜとなればわたしは血縁者の眼で君たちをちらっと眺めるだけでどんなものとも同じようにわたしと一緒に君たちを支持する。

わたしは富める者たちの真実の歌をつくろう、
心身のための、それはどんなものであろうと、忠実であり、前進して、死によっても停止されることのないものを獲得するためだ、
わたしは我儘《わがまま》を抑えることをしない、そしてそれがあらゆるものの基底をなすものなのを示そう、またわたしは個性の詩人たろうとしている、
また、わたしは男性と女性のそれであろうと、そのいずれもが所詮は他のものと同様のものだということを示そう、
また、性器とその行為！　君たちはわたしに注意を集中するか、なぜなればわたしは君たちが素晴らしいものであることを証拠立てるために勇ましく澄みわたった声で君たちに告げようと決心したからだ、
また、わたしは現在何一つとして不完全なものが、そして未来においてもそのようなものの存在し得べからざることを示そう、
また、わたしは何びとに対してどんなことが起こったとしても、それは美しい結果に

変化するものであることを示そう、
また、わたしは死よりも一層美しい何ごとも起こり得ないことを示そう、
また、わたしはわたしの詩を一貫して時代と出来事が緊密な、一本の糸を孔《あな》に通そう、
そして、宇宙のあらゆる事物が完全な奇跡であり、その一つ一つのものが他のものと
同じように深奥《しんおう》なものであるということを。

わたしは部分に関連をもつ詩はつくるまい、
だが、わたしは全体に関連をもった詩、歌、想念をつくろう、
またわたしは一日に関連してはうたうまい、だが、あらゆる日々に関連してはうたおうとする、
また霊魂に関連をもつものを除いては一篇の詩も、たとい一篇の詩の最小の部分をもってくることはしまい、
なぜとなれば宇宙における五感に感知せらるる諸象を考察した結果、わたしは霊魂に関連を持たない何一つのものも、さらにいかなる一つの部分も存在せぬことを見い

だしたからだ。

一三

誰かが霊魂を見たいと要求されたか？

見たまえ、君自身のものである姿態と顔貌《がんぼう》を、人間を、物体を、獣類を、樹木を、流れる河川を、岩石を、そして砂州を。

あらゆるものは霊的な歓喜を保有し、そしてあとではそれを手放すのである、いかなる理由があって真の肉体が死んで埋葬されるなどということがあり得るだろうか？

君の真の肉体と、またどんな男の、あるいは女の真の肉体の、細部という細部も死体を清める人々の手を巧妙に避けて安住の世界へと移るだろう、生誕の瞬間から死の瞬間まで自分のものになったところのものを携えて。
印刷工によって組み立てられた活字が、その印象、旨意、主たる関心事を回答しないのは、
一人の男の実体と生涯、あるいは一人の女の実体と生涯が肉体と霊魂で回答しないのと一般であって、
死の以前にあっても死のあとにあっても無関心なのである。
見たまえ、肉体は包含する、そしてそれが旨意なのだ、主たる関心事なのだ、包含する、それが霊魂なのだ、
君が誰であろうと問題ではない、君の肉体が、あるいはまたそれのいかなる部分がどんなに優秀なものであり、またどんなに神聖であることか！

一四

君が誰であろうと問題ではない、永遠の告知は君に与えられる！


この国土の娘よ、君は君の詩人を待っていたのか？

流暢《りゅうちょう》な口と指示する手をもった詩人を君は待っていたのか？

その詩人は〝諸州〟の男性に対して、また諸州の女性に向かっての勝ち誇った言葉、〝民主主義〟の国土への言葉をもつのである。


ぴったりとつなぎ合わされた、食糧のよくとれる諸国土よ！

石炭と鉄の国土よ！　黄金の国土よ！　棉花《めんか》と砂糖と米の国土よ！

小麦と牛肉と豚肉の国土よ！　羊毛と麻の国土よ！　林檎《りんご》と葡萄《ぶどう》の国土よ！

牧歌風の平野とひろがる草原の国土よ！　数々の、甘美な空気がつつむ果てしのない高原の国土よ！
畜群と、庭園と、日乾煉瓦《ひぼしれんが》の健康な住宅の国土よ！
北西にあってはコロンビア川が曲流し、また南西にあってはコロラド川が曲流すると
ころの国土よ！
東方のチェッサピーク湾の国土よ！　デラウェア川の国土よ！
オンタリオ湖、エリー湖、ヒューロン湖、ミシガン湖の国土よ！
〝古き十三州〟の国土よ！　マッサチューセッツの国土よ！　バーモントとコネティ
カットの国土よ！
大洋の岸辺の国土よ！　鋸歯状《きょし》の山脈と尖峰の国土よ！
船頭衆と水夫たちの国土よ！　漁師の国土よ！　入りくんだ国土よ！　互いにつかま
え合ったものよ！　あふれる情熱のものたちよ！
並んだものよ！　兄と弟よ！　骨ばった四肢をしたものよ！
偉大な婦人の国土よ！　女らしく優しいものよ！　世間慣れた姉妹たちと世間慣れぬ
姉妹たちよ！

遠方に生きている国土よ！　〝北極〟のしっかりとくくりつけたものよ！　メキシコの微風が吹くものよ！　別れ別れのものよ！　よくまとまったものよ！
ペンシルバニア人よ！　バージニア人よ！　南北二州のカロライナ人よ！
おお、わたしにとって最愛のあらゆるものと、その一つ一つよ！　わが勇敢な国民よ！
おお、どんなことがあってもわたしは完全な愛で君たちすべてを包括する！
わたしは君たちから解き放されることが不可能なのだ！　誰彼の区別なく同様に！
おお、死よ！　どんなことがあろうともこの際にあっても抑え切れない愛をもって、
目には見えないがなお君たちのものなのである、
一人の友、一人の旅人がニュー・イングランド州を歩いている、
パウマノクの砂浜の、夏のさざなみの突端でわたしの素足に水をはねかえし、
無樹の大草原地方を横断し、再びシカゴに住み、あらゆる町に住み、
ショーと、誕生と、進歩と、建造物と、芸術品とを観察し、
公会堂では雄弁家と婦人雄弁家に耳をそばだて、
〝諸州〟の、またそれらをあげて、生涯変わることなく一人一人の男また女をわたし

の隣人とし、
ルイジアナ人、ジョージア人がわたしに近づき寄ってくるように、わたしもまた彼や彼女に近づき、
ミシシッピー人もアーカンソー人も今もなおわたしと共にあり、そしてわたしは今もなお彼らのどんなものとも一緒にある、
今もなお脊柱《せきちゅう》の川の西の平原の上に、今もなお日乾煉瓦のわたしの住居に、
今もなお東方に向かって帰り、今もなお〝沿海の州〟あるいはメアリーランドに、
今もなお冬を元気よくしのぐカナダ人、雪も氷もわたしにとっては歓迎される、
今もなおメイン州の、あるいは〝花崗岩《かこうがん》州〟の、あるいは〝ナラガンセット湾州〟の、あるいは〝エンパイア州〟のそのいずれもの真の息子であり、
今もなお他国に渡航してこれに結合し、今もなおどんな新しい同胞をも歓び迎え、
これによって、古い人々と彼らが結合するその現実の時から新しい人々に対してわたしの詩篇をあてはめる、
新しい人々に仲間入りしてわたし自身彼らの道づれや同輩となり、今こそ自身で君た

ちのところへ来て、
行為へ、性格へ、目をみはらせるものへとわたしと一緒に君たちに言いつけるのだ。

一五

しっかりつかまってわたしと一緒に、しかも急ぎに急ぎつづけるのだ。

命がけでわたしにくっついているのだ、

(わたしがわたし自身をほんとに君たちに与えることを承知するのに先立って幾度も幾度も説き伏せられなければならぬかも知れないが、そうしたことは問題ではないではないか?

〝自然〟は幾度も幾度も説き伏せられることがあってはならぬのではないか?)

わたしは華奢《きやしや》な、〝柔らかな〟〝優しい表情をもった〟人間ではない、

ひげっ面で、日焼けし、白髪の垂れた頸《くび》の、人を寄せつけぬわたしはやって来て、
宇宙の中がからっぽでない褒賞《ほうしょう》を求めて通りすがりながら力を戮《あ》わす、
そのようなもののために誰であろうとかまわない、それらを獲得するために耐えしの
ぶことのできるものにわたしは与えるのだ。

一六

途中で暫時わたしは立ち止まる、
ここに君たちのためのものがある！　またここにアメリカのためのものがある！
さらに現在をわたしは高々と起ち上がらせる、さらに〝諸州〟の未来をわたしは欣然
かつ森厳に先触れする、
そして過去のためには赤色の原住民たちのまもり伝えた歌曲を正しく声に出して読む。
赤色の原住民たちは、

自然の息吹《いぶ》きを、雨と風の音を、森林中の鳥と獣のものと同じ呼び声を呼び名として
わたしたちのためにつづって残す、
オコニー、クーサ、オタワ、モノンガヘラ、サウク、ナッチェズ、チャタフーチェー、
カケイタ、オロノコ、
ワバッシ、マイアミ、サギノー、チッペワ、オシュコシュ、ワラ・ワラ、
このようなものを諸州に残し、称呼として水面や土地にゆだねて彼らはだんだん減って、死んでゆく。

一七

これからあと、急速にひろがるもの、
喧嘩っぽくて、短気かつ大胆な自然力、種族、調整、
再現する原初の世界、絶え間のないそして分かれて枝を出す栄光の見通し、
新しい闘争をもって、前行の種族たちを統御するはるかに素晴らしい一つの新種族、

新しい政治、新しい文学と宗教、新しい発明と芸術。
これらのものをわたしの声は発言する――わたしはもう眠ることをしないで起き上がる、
わたしのうちにあって静穏であり来たった君たち大洋よ！　どんなにわたしは君たちが、底知れず、騒然として、かつて先立つもののなかった波濤《はとう》と嵐とを準備しているのを感じていることか。

一八

見たまえ、わたしの詩篇を通じて汽走する汽船を、
見たまえ、わたしの詩篇のなかで移民が絶えることなくやって来て上陸するのを、
見たまえ、背後の方では、東中部原住民の小屋を、踏付路を、猟師小屋を、平底船を、玉蜀黍《とうもろこし》の葉を、文句のついた借下地を、無造作な柵を、また未開墾地の集落を、
見たまえ、一つの側には〝西部〟の海があり、も一つの側には〝東部〟の海があって、

ちょうどそれら自体の岸辺のうえでのようにわたしの詩篇のうえで満ちたり干たりしているのを、
見たまえ、わたしの詩篇のなかの放牧地と森林を――見たまえ、野獣や家畜の群れを――見たまえ、カンサス川のむこうに丈の短い、巻き縮れた草を食べて生きている無数の野牛の群れを、
見たまえ、わたしの詩篇のなかの舗装道路と、鉄と石の建造物、絶えることない車輛《しゃりょう》、それに商業があって中のからっぽでない、巨大な、海から遠く離れている諸都市を、
見たまえ、多くの汽筒をもった蒸気印刷機を――見たまえ、大陸を横断してのびひろがっている電信を、
見たまえ、大西洋の深海を通じてアメリカの脈搏《みゃくはく》がヨーロッパに達し、ヨーロッパの脈搏が几帳面《きちょうめん》に戻ってくるのを、
見たまえ、発車に際して、喘《あえ》ぎながら、汽笛を吹き鳴らす強大で足の速い機関車を、
見たまえ、畑地を耕す農夫たちを――見たまえ、鉱山を掘り起こす坑夫たちを――見たまえ、無数の工場を、

見たまえ、工具をもって、仕事板に向かって忙しい工員たちを――彼らのなかから大法官たちや、哲学者たちや〝大統領たち〟が作業衣をつけて現われ出てくるのを見たまえ、
見たまえ、大いに愛されたわたしが、日夜の分かちなくしっかりつかまえられて〝諸州〟の店舗や耕地をぶらつきつづけるのを、
聞きたまえ、そこにわたしの歌の高いこだまの音があるのを――読み解きたまえ、最後に現われる暗示を。

一九

おお、僚友よ、ぴったりと寄りたまえ！　おお、最後には君とわたしと、わたしたち二人だけなのだ、
おお、終わることもないように先頭に立って人の行く手をひらく一つの言葉！
おお、恍惚《こうこつ》たらしめまた論証することのできがたい或るものよ！　おお、気の狂った

ような音楽よ！
おお、今こそわたしは勝利を得る——そして君もまた同様に、
おお、手をつなぎ合って——おお、健全な悦楽——おお、自分以外のもう一人の欲求者、愛人よ！
おお、しっかりとつかまって急げ——急げ、急ぎつづけよう、わたしと一緒に。

わたし自身の歌

一

わたしはわたし自身を称揚し、またわたし自身をうたう、
そこでわたしが身につけるところのものは君にも身につけさせる、
なぜならわたしに属する一切の原子は同様に君にも属するのだから。

わたしはぶらぶらしてわたしの霊魂を招待する、
わたしは夏草の一本の茎を眺めながら気楽に身体をかがめたり、またぶらぶらしたり
している。

わたしの舌、わたしの血液の一切の原子はこの土壌、この空気からつくられた、
その両親も同じだったし、さらに彼らの両親も同じであったように、ここに生まれた
　両親からここに生まれて、
欠けるところのない健康で、今や三十七歳に達したわたしは始める、
死に至るまで停止することのないように念願しながら。

教義も学派も棚上げだ、
あるがままの現状で事足らせてしばらく身をひく、だが、決して忘れるのではなく、
わたしは善い悪いの区別なく心に抱き、わたしはどんな障害があろうと語ることを許
　容するのだ、
抑制されることのない本然のエネルギーをもった〝自然〟を。

二

家々も部屋部屋も香気に充《み》ち満ちている、棚々も香気で一杯、
わたしはわたし自身でその芳香を呼吸する、そしてそれの見わけがつくし、またそうすることが好きだ、
蒸留液もまたわたしを酩酊《めいてい》させるだろう、だが、わたしは御免こうむる。

大気は香気といったものではない、それは蒸留液の味を持たぬし、無臭である、
それは永遠にわたしの口にかなうものだ、それはわたしと恋仲だ、
わたしは森の近くの砂州に行って着衣を脱いで素っ裸になる、
触れようとそれを求めてわたしは物狂おしくなる。

わたし自体の呼吸の煙のように実体のないもの、

反響、さざなみのような音、せわしないささやき、ぼたんづる、とうわた、樹叉《きのまた》と蔓《つる》、
わたしの呼気と吸気、わたしの心臓の鼓動、
わたしの肺臓を抜けての血液と空気の通過、
青葉や枯葉の、あるいはまた磯部《いそべ》や黒々とした海礁《いくり》の、あるいはまた畜舎の乾草の、
鼻でクンクンかぐにおい、
風の渦まく流れに対して解き放したわたしの声音のほとばしり出る言葉の響き、
ほんの軽やかな接吻、ちょっとばかりの抱擁《ほうよう》、腕をぐるりとしてのさし伸ばし、
しなやかな樹枝の揺れるにつれて樹々のうえでは光と影の戯れ、
たった一人での、あるいは街衢《ちまた》の人ごみにまじっての、あるいは野原や丘の裾を行くときの心たのしさ、
健康体の感覚、白昼の顫音《せんおん》、わたしの歌は寝床から起き上がって太陽にお目にかかる。
君は一千エーカーを大げさに考えたのか？　君は地球を大げさに考えたのか？
君は読むことを学ぶのにそんなにも長くかかったのだったか？

君は詩篇の意味するところのものをお手のものとするのをそんなにも矜持《きょうじ》に感じたのか？

今日一日一夜をわたしと一緒にいたまえ、そうすればあらゆる詩篇の由って来たるところを君のものにさせる、
地球と太陽の役立つものを君のものにすることができる、（まだ幾千万の太陽が残されている、）
もう二番煎《せん》じや三番煎じの古物を手に入れたり、死者の眼を通してものを見たり、書物のなかの妖怪のお世話にならなくて君はいいのだ、
わたしの眼を通じてものを見ることもなければ、わたしから取ってゆくものもない、
君は周囲に耳を傾けて君自身からそれを濾過《ろか》して取るだろう。

三

おしゃべり好きたちが語るところのおしゃべりをわたしは聞いた、そのおしゃべりと
　いうのは発端と結末についてだ、
だが、わたしは発端についてもまた結末についても語らない。

ここに現在あるものより以上の発端もなかったし、
ここに現在あるものより以上の年若いものも年老いたものもなかった、
そしてここに現在あるものより以上の完全なものは決してあり得ないし、ここに現在
　あるものより以上の天国も地獄もないはずだ。

駆り立て、そして駆り立て、そして駆り立て、
つねに、世界の子を生む駆り立て、

朦朧《もうろう》たるなかから相対立する互いに等差のないものたちが進み出る、それはつねに実体をもつものであり、増大するものであり、つねに性を具有するものであり、
つねに同似のものの、つねに相異なるものの、つねに生命の種の編み合わせである。

苦心して作り上げることは何の役にも立たない、学問のあるものも無知のものも、それがそのようなものであることを感知する。

申し分なく相互に固く接《つ》ぎ合わされ、梁《はり》にはまった直立材の鉛直が最も正確で間違いないように間違いなく、
愛情に富んだ、高慢な、きびきびした馬のようにたくましく、
わたしとこの摩訶《まか》不思議と、ここにわたしたちは立っている。

純粋でやさしいのはわたしの霊魂であって、また純粋でやさしいのはわたしの霊魂ではないすべてがそうである。

一つを欠けば二つとも欠くのだ、そして見えないものは見えるものによって証拠立てられる、
やがてそのものは見えないものになって順送りに確証を受け取る。

最もよいものを示して、それを、時代を昏惑《こんわく》させる最悪の時代から分離し、
事物の最も完全な適合と落ち着きとを承知していて、彼らが論議する間わたしは黙っている、そして水を浴びに出かけてわたし自身を賛嘆するのである。
歓迎されるのはわたしのあらゆる器官と属性とだ、また真心があって純粋などんな人のそれでもある、
一インチも、また一インチ中の最小部分も卑賤《ひせん》なものではない、さらにどんなものもわたしにとっては他のものと同じように親しまるべきである。

わたしは満足した――わたしは見、踊り、笑い、歌う、

夜もすがらわたしの傍らに眠るしっかり抱いて愛撫する同衾者《どうきん》が、かくて日がのぞく
途端に足音をしのばせて帰ってゆくのだが、その時、
白いタオルのかかったバスケットをわたしに残してゆき、家中をそのふんだんのバス
ケットでふくらます、
わたしは受容と覚認を遷延していいだろうか、そして自分の眼を見て突然の叫びをあ
げる、
それは往来を追って凝視し、また見おろすことから振り向く、
そこでは猶予なく勘定して一セントの少額までわたしに示す、
正確に一つのものの価値だ、また正確に二つのものの価値だ、はたしてそのいずれが
優先するというのか？

四

小股すくいや穿鑿《せんさく》屋がわたしを取り巻く、

わたしが会う人たち、わたしの若かった時分の生活とか現に住んでいる区や市、さては国の自分に与える影響、
最近のデートの数々、発見、発明、社会、古今の作家たち、
わたしの食事、服装、交際している人たち、風貌《ふうぼう》、心づけ、税金、
わたしの愛する或る男なり女なりの本心からの、もしくは装われた無関心、
わたしの家族の一員の、またはわたし自身の病気、または不身持ち、または金銭の喪失、または欠乏、または意気消沈、または有頂天、
戦闘、兄弟殺しの戦争の身ぶるいする恐ろしさ、正確でない報道の熱狂、突発的の大事件、
こうしたものが昼となく夜となくわたしのうえに起こって、再びわたしから去ってゆく、
だが、それらは〝わたし〟のわたし自身ではないのだ。
引っ張ったりまた手繰《たぐ》ったりするものから離れて所在するもの、それがわたしというものなのだ、

陽気で、自己満足し、同情心あり、のほほんで、生《き》一本なのがわたしというものなのだ、
そのものは見下ろし、上を向き、あるいは感知しがたい支柱のうえで腕を曲げ、
小首をかしげて次には何事が起こるだろうかと好奇の心で見ながら、
その競技の当事者ともなり、また局外者ともなって事の成り行きを凝視し、不審がるのである。

わたし自身の過去をふりかえって見る、そこでわたしは言語学者たちや執拗《しつよう》に主張する人たち相手に霧の中で大汗をかいたのだった、
わたしは嘲笑も議論もしない、わたしは目撃し、待つばかりだ。

五

わたしの霊魂よ、わたしは君を信頼する、わたしであるもう一つのものも君に対して自卑してはならない、

そして君も他に対してへりくだってはならない。

わたしと一緒に草場のうえをぶらぶらしたまえ、そして君の咽喉《のど》の音栓を開きたまえ、
わたしの欲しいのは言葉でもなければ、音楽や韻律《いんりつ》でもなく、習慣やお説教でも、もちろんその最上のものも問題ではない、
わたしの好きなのは寝かせつけだけなのだ、君のバルブでしめつけられた声音のかすかな響きだけなのだ。

わたしはこんなことを覚えている、そんなにも光りかがやく夏の朝にわたしたちがかつて横たわっていたのを、
君はどんな風にして君の頭をわたしの腰の横においていたことか、そして静かにわたしのうえにころがり、
わたしの肋骨《ろっこつ》からシャツを引き離して君の舌をわたしのむき出しの心臓へと躍り込ませ、
君がわたしの鬚《ひげ》に触れるまで、わたしの両脚をつかむまで身をのばしたのだった。

地上一切の論議の範疇《はんちゅう》をこえる平和と知識は敏速に起ち上がってわたしをめぐってひろがった、
こうしてわたしは〝神〟の御手がわたし自身のものである約束したものであることを知り、
こうしてわたしは〝神〟の聖霊がわたし自身のものである兄弟であることを知り、
かつて生を地上に享《う》けたあらゆる男子はわたしの兄弟たちであり、そして婦人たちはわたしの姉妹たちであり、愛人であるということ、
万有の内竜骨は愛であるということを知るのである、
野にはしゃんとしているもの、うなだれているもの、葉は数限りもない、
またそれらのかげには小さい穴々のなかの褐色した蟻《あり》の群れも、
また曲がりくねった軌条の柵《さく》や積み上げられた石の苔《こけ》のかさぶた、にわとこ、毛蕊花《もうずいか》、
そして、山ごぼうも。

六

一人の子供が両方の手にいっぱい草を持ちかえって来て言った、〝草ってなあに？〟と、どうしてわたしは子供に答えることができただろう？　わたしがそれが何であるかを知らないのは彼以上には出ないのだ。

わたしはそれを希望にみちた緑色の材料で織られたわたしの気質の旗じるしに相違ないと思う。

あるいはまたわたしはそれを〝神〟の手巾《ハンカチ》だと思う、
わざと落とした芳香のある神の賜物、記念物、
それには隅の方に何らかの方法で所有主の名がしるしてあって、それはわたしたちが見るように、そしてわかって言う、〝誰のものか？〟と。

あるいはまたわたしは思う、草はそれ自体が子供なのだ、植生の産んだ赤子なのだと。

あるいはまたそれを同じ形の象形文字《しょうけい》であるとわたしは思う、
そしてそれは意味する、広い地帯にも狭い地帯にも一様に〝発芽し〟、
黒人種の間でも白人の間におけるように成育することを、
カナック、タッカホー、国会議員、〝南部黒人〟、わたしは彼らに同じものを与え、ま
　たわたしは彼らから同じものを受け取るのだ。

そして今やそれは墓場の美しい刈り込まぬ毛髪ともわたしには見える。

巻き縮れた草よ、君をわたしは優しく取り扱おう、
君は若い人たちの胸から分泌《ぶんぴつ》したものかも知れないし、
若しわたしがその人たちを知っていたならばきっと愛したかも知れないし、

君は年老いた人からの、あるいはその母のふところから幼くして奪い去られたものたちからのものであるかも知れない、
そしてここに君は母のふところにいるのだ。

この草は老いた母たちの白い頭からのものとしてはひどく暗色だ、
老いた男たちの色をなくした鬚《ひげ》よりも一層暗色で、
淡紅の口蓋《こうがい》の下から来る暗色である。

おお、いずれにしてもそんなにも多くの語られる言葉がわたしにはわかる、
そしてそれらは無意味に口蓋から来るのではないことがわたしにはわかる。
死んだ若い男女に関しての暗示をわたしが翻訳することができたらと願う、
また老いた男たちや母たちと、母のふところから幼くして奪い去られたものたちに関しての暗示を。

若い人たちや年老いた人たちはどうなったと君は考えるか?
そしてまた女たちや子供たちはどうなったと君は考えるか?

みんなどこかに生存していて健在だ、
最も小さい発芽も真に死というものがないことを示している、
もしそんなことがあったとしたらそれは前進する生を導いたのだった、そしてそれを
　つかまえるのに最後まで待つようなことはしない、
その瞬間が終熄《しゅうそく》すれば生が出現する。

あらゆるものは前方へまた外方へと前進して、何ものもひしゃげてしまうことはない、
かくて死ぬるということは誰が想像したところのものとも違っているもので、いっそ
　しあわせなことなのだ。

七

誰が生れ出ることはしあわせだと想像したか？
わたしは急いで彼なりまた彼女なりに告げなくてはならない、それはちょうど死ぬるのと同じようにしあわせなのだと、そしてわたしはそのことをよく知っているのだ。
わたしは死んでゆくものと一緒に死に、また産湯《うぶゆ》を使ったばかりの嬰児《みどりご》と一緒に生まれる、わたしは自分の帽子と靴とにはさまれて抑制されたものでもなく、
また多種多様の物象をくわしく調べる、同じような二つのものというものはない、どの一つもよい、
地球もよければ星々もよい、そしてそれらの従属物はすべてよい。
わたしは一個の地球でもなければ、一個の地球の従属物でもない、

わたしは人々の連れであり、仲間である、その人々はみんなわたし自身と寸分違わず
不死身で奥底が知れないものなのだ、
（彼らはどれほど不死身なのか知ってはいない、だが、わたしは知っている。）

あらゆる種は独自でまた自体のものを持つ、わたしにはわたしの男性と女性、
わたしには少年であり、また女を愛した人たち、
わたしには自尊心のあるそして軽蔑されることをいかにも痛切に感ずる男、
わたしには情人と年老いた家婢《かひ》、わたしには母たちと母たちの母たち、
わたしには微笑んだ唇、涙をながした眼、
わたしには子供たちと子供たちを産むものたち。

被覆物を脱ぎ捨てたまえ！　君はわたしに対して何の犯した罪も無いのだ、まして黴《かび》
の生えた者でも捨てられた者でもない、
幅広高級黒羅紗《ラシャ》だろうが縞《しま》綿布だろうが問題ではない、そんなものを貫通してわたし

は見る、
そして粘りづよく、手に入れようとし、疲れることなくあたりをうろついていて決して振り捨てられることはあり得ない。

八

幼いものはその揺籃《ゆりかご》のなかに眠っている、
わたしは絽蚊帳《ろがや》をかかげて長い時間見守る、そしてわたしの手でしずかに蠅《はえ》を追い払う。

若者と赤ら顔の娘は路からそれて灌木《かんぼく》の生い茂る丘をのぼって来る、
わたしはその頂上から二人をのぞくように眺めている。

自殺者は寝室の血だらけの床張りのうえに手足をひろげてぶざまに横たわっている、
わたしは血でべっとりの髪をした死骸を目撃し、短銃の落ちているところを注意する。

舗道の子供たちのわめき、荷車の輪鉄、長靴の底革のめくれ、遊歩路をゆく人々のおしゃべり、
重量ある乗合馬車、親指を立てて客の意向をたずねている御者《ぎょしゃ》、花崗岩《かこうがん》の地床の上で蹄鉄《ていてつ》をつけた馬どものカチャカチャさせる音、
雪橇《ゆきぞり》、チリンチリン鳴る音、声高の戯語、雪球の投げ合い、
人気者に浴びせる歓呼、激昂《げっこう》した暴徒の憤怒、
カーテンをした担架のバタバタたたく音、そのなかには病院へ運ばれる病人がいる、
仇敵《きゅうてき》の遭遇、突如とした罵言《ばげん》、なぐり合い、そして昏倒、
激昂した群衆、手早く群衆の真っただ中をわけて彼の通路をひらく星標をつけた警察官、
無数の反響を受けまたかえす無感動の敷石、
飽食した者や日射病か発作でぶっ倒れた半飢えの者の何という呻《うめ》き声、
急いで家にかえりついてあわただしく赤ん坊を産んだ女たちの何という叫喚《きょうかん》、
つねにここで顫動《せんどう》している何という生きているまた忘れられた演説、礼儀作法で抑制

された何という怒号、
犯人の捕縛《ほばく》、軽蔑、なされた不義の申し出、受容、とがらせた唇での拒絶、
わたしはそれらを、あるいはそれらの外観なり反響なりをよく心にとめる——わたし
は来たり、そしてわたしは去ってゆく。

九

田舎の厩舎《きゅうしゃ》の大扉は開け放たれたままで待ちかまえている、
ゆっくりと挽《ひ》かれる荷馬車に山と積まれる収穫時の乾草、
灰色と緑色が入りまじって狐色のもののうえで遊ぶ明るい光、
腕いっぱいにかかえたものどもは、かしいだ乾草の堆積《たいせき》へと荷造りされる。

わたしはそこにある、わたしは手伝う、わたしは積載物のてっぺんにねそべってやっ
て来た、

一方の足をも一つの方にもたれかからせてわたしはその柔軟なガタガタ揺れるのを感じた、
わたしは大梁《おおばり》から跳び上がってオランダげんげやおおあわがえり草をつかむ、
そしてとんぼがえりをしてわたしの頭髪を藁屑《わらくず》でいっぱいにもつれさせる。

一〇

遠くの荒野や山地でただひとりわたしは狩猟をする、
自分自身が気軽ではしゃいでいるのにびっくりしてどことというあてもなくさまよい、
夕方近くなってその夜を過ごす安全な場所を選択し、
火を点じて、殺したばかりの獲物をあぶり、
犬と銃とを身近に置き、集めて来た葉のうえで眠りにおちるのだ。
ヤンキー型の快速船は彼女の第三檣帆のうえに装置した小横帆の下にある、彼女は燦《さん》

爛《らん》たる光を切り、順風に乗って飛走する、
わたしの両眼は陸地にじっと向けられる、わたしは彼女の船首にかがまりあるいは甲板から歓喜の叫びをあげる。

船頭とはまぐり掘りは朝早く起き出てわたしを待っていた、
わたしはズボンの端を長靴のなかへたくし込み、出かけて行って愉快な時を過ごした、
恐らく諸君はその日、ごった煮の鍋をかこんでわれわれと一緒にあったらよかったにちがいない。

わたしは遠い西部地方の野天で行なわれた罠《わな》猟師の結婚式を見た、花嫁はアメリカ原住民の娘だった、
彼女の父親と友人たちはあぐらをくみ、黙々とタバコを吸って身近にすわっていた、
彼らは足に鹿皮靴をうがち、肩からは分厚な毛布を垂らしていた、
川岸を罠猟師は漫歩していた、彼は全身をほとんど獣皮で着装っていた、彼のふさふ

さした鬚《ひげ》と頭髪の巻毛は彼の首にまきつき、彼は花嫁を手で抱えていた、
彼女は長い睫毛《まつげ》をしていて、頭はかぶりものをしておらず、粗野な、癖のない髪のふさは彼女の肉感的な四肢のうえに垂れて彼女の足元までとどいていた。

逃亡した奴隷がわたしの家に来て屋外に立ち止まった、
わたしは彼の動作を薪《たきぎ》の堆積《たいせき》の小枝の折れる音かと思って聞いたのだった、
台所の半開きの戸の間からわたしはびっこをひき疲れ果てた彼を見た、
そこで丸太のうえにすわり込んだ彼のところに近寄って行って、家のなかに連れ込み、安全を保証してやった、
それから汗みずくの身体と傷だらけの足を洗うために水を持って来て盥《たらい》をいっぱいにしてやった、
次にわたしは部屋続きの一室をあてがって、小ざっぱりした着物を与えた、
そのとき彼が眼をくるくるさせ、気おくれしていたのをはっきり記憶しているし、
また彼の頸《くび》や足首の擦傷《すりきず》のうえに膏薬《こうやく》をはってやったのを忘れない、

彼が健康を回復して北方に出発してゆくまで一週日の間をわたしと一緒に暮らした、
わたしは食事時にはわたしの次の席に彼をすわらせた、わたしの燧発銃《ひなわ》を隅の方に立てかけておいた。

一一

二十八人の若い人たちは海岸で水浴をしている、
二十八人の若い人たちはみんなそんなにも親しげである、
二十八年の女らしい生涯、そしてすべてそんなにも孤独な。

彼女は岸の高みに近く立派な家を所有している、
彼女は美しく立派に着飾って窓の鎧扉《よろいど》のうしろにかくれている。

若い人々のうちのいずれを彼女は最も好いているのだろうか？

ああ、彼らのうちの最も素朴なものが彼女にとって美しいのだ。

あなたはどこへ行こうとされるのですか？　と申すのは、わたしはあなたを見るから
　です、
あなたはあそこで水中で水を跳《は》ね散らしておられる、しかもなおあなたの部屋のうち
　に静かにこもってとどまっておられる。

踊りながら笑いながら水際づたいに第二十九番目の水浴者がやって来た、
残余のものは彼女を見なかった、しかし彼女は彼らを見て彼らが気に入ったのだった。

若い人たちの鬚《ひげ》は濡れてかがやき、水は彼らの長い毛髪から滴り、
小さい水流が彼らの総身に流れた。

見えない手もまた同様に彼らの総身に流れた、

それは彼らの顳顬《こめかみ》と肋骨《ろっこつ》からうちふるえながら降りて来た。

若い人たちは仰向けに浮いている、彼らの真っ白な腹は太陽に向かってふくれている、
彼らは誰が彼らをしっかりとつかまえているかをたずねはしない、
彼らは誰が垂飾をし、また彎曲《わんきょく》する弧を描いて呼吸したり身をくねらしたりするかを
知らない、
彼らは彼らが飛沫《ひまつ》でずぶぬれにするのは誰なのか考えはしない。

一二

若い屠夫は彼の屠殺衣を脱ぐか、また市場の小牛舎のなかで彼の包丁を研《と》ぐかしている、
彼の当意即妙の応答と彼の十八番の安芝居のまねを興がりながらわたしはぶらぶらする。

鍛工たちは薄汚れた毛むくじゃらの胸をして鉄砧《かなとこ》を取りかこむ、

てんでに彼らの大鎚《おおづち》を持って、みんな出そろっている、炉には赫々《あかあか》と火が燃え盛る。

燃骸《もえがら》のまかれた戸口からわたしは彼らの動作を見守っている、
彼らの腰のしなやかな反《そ》りは彼らのがっしりした腕をすら軽くあしらうのだ、
高々と鎚《つち》をふりかざす、そんなにもゆっくり高々と、そんなにも正確に高々と、
彼らは性急ではない、どの一人一人も彼の持ち場で鎚を振るう。

一三

黒人は彼の四頭の馬の手綱をしっかりとつかむ、下の御者台はしっかりと結《ゆわ》いつけた
　鎖で垂れ下がりつづける、
石切り場の長馬力車の御者の黒人、がっしりした長身の彼は桁板《けたいた》のうえに片足で安定
　を保っている、
彼の水色のシャツは彼の豊かな顎や胸をむき出しにし、腰締めの外まわりにだらりと

している、
彼のチラリと向ける目は穏やかだが命令的だ、彼はその前額から帽子の縁を無造作にめくり上げている、
太陽は彼のちぢれた毛髪や口髭《くちひげ》に降りそそぎ、彼のつやつやした完全な四肢の黒々としたうえに降りそそぐ。

わたしはこの絵のような巨人を見て、彼を愛する、そしてわたしはそこにとどまることをせぬ、
わたしはまた四頭の馬たちと一緒に行く。

わたしのうちにある生の愛撫者は、どこに動いても前の方にと同様に後ろの方をも振りかえる、
置き忘れられた壁龕《へきがん》や年若いものに向かって腰をかがめ、ただの一人も、ただの一つのものをも見逃すことはなく、

すべてをわたし自身とまたこの歌のために吸収する。
軛《くびき》や鎖を鳴らし、あるいは木かげに立ち止まる牡牛《おうし》たち、おまえたちがその目で表現しようとしているのは何か？
それはわたしの生涯に読破したあらゆる印刷物よりより以上のものであるようにわたしには見えるのだ。

わたしの遠くへの、一日がかりのさまよい歩きの途上でわたしの踏む歩みは森の雄鴨や森の牝鴨をびっくりさせる、
彼らはいっせいに飛び立ち、徐々に旋回する。

わたしはそうした翼をつけた意図を信じ、
赤色、黄色、白色がわたしのうちに嬉戯するのを認める、
そしてまた緑色や紫色や房になった冠部を故意のものだと考える、

そして亀が亀以外の何ものでもないという理由で無価値なものだとは呼ぶまい、
そして森の中のかけすは決して全音階の稽古はしなかったが、しかもなお充分美しく
わたしに向かって歌いさえずるのだ、
そして栗毛の牝馬の顔つきはわたしから出て来る愚かしさを赤面せしめる。

一四

雄雁が彼の仲間の先達《せんだつ》をして冷え冷えとした夜空を飛ぶ、
ヤ・ホンクと彼はいうのだ、そしてそれを招待のように下界のわたしの方へ響きつたえて来る、
きいた風の人間はそれを無意味だと思うかも知れぬが、わたしとしてはじっと耳そばだて、
冷たい空の方の、あの高いところでその意図と職分を発見するのだ。

北部産の鋭い蹄《ひづめ》をした麋《おおしか》、家の敷居のうえの猫、四十雀、大草原モルモット、
寄ってたかって彼女の乳房にむしゃぶりつくときブウブウという牝豚の一胎子《ひとはら》豚、
七面鳥の一連の雛《ひな》、そして彼女は半ば双翼をひろげている、
わたしはそれらとわたし自身のうちに同一な古なじみの法則を見る。

大地に向かってのわたしの足の踏みつけは無限の愛情を生ずる、
それはわたしがそれらを語ろうとすることのできる可能な最善を嘲笑する。

わたしは戸外での成長に魅せられた、
家畜にまじって生活する人々の、あるいはまた大洋や森林の味がする人々の、
船大工や舵《かじ》を取る人々の、また斧《おの》や大槌を使いこなす人々の、また馬を御す人々の、
わたしは彼らと一緒に幾週間ということなく食いかつ眠ることができる。

最も平凡なもの、最も安直なもの、最も身近なもの、最ものんきなもの、それが〝わ

たし〟だ、
機会にうまく間に合って、莫大もない報償のために投資するものは〝わたし〟だ、
わたしを受け入れるものに第一番にわたし自身を与えるためにわたし自身を身仕度する、
わたしの好意に対して降りて来いとは大空にたのみはしない、
それはいつまでも勝手にまき散らしておく。

一五

澄んだ最低女声音が高いオルガンにつれてうたう、
大工は彼の板を仕上げる、彼の粗鉋《あらがんな》の舌はその野性的な舌足らずの言い方でシュウシュウと音を立てる、
すでに結婚した、また未婚の子女たちは〝感謝祭〟の晩餐のために家路へと馬車を駆る、
舵手は舵柄をわしづかみしている、彼はしっかりした腕で船を一方にかしげる、
航海士は捕鯨船に緊張して直立している、槍《やり》と銛《もり》は準備が整っている、

鴨うちは音を立てぬ用心深い大股で歩く、
執事たちは祭壇で手を十字に組んで補任された、
紡績女工員は大きな車輪のうなりにつれて一進一退する、
農夫はある〝第一の日〟のぶらぶら歩きの道すがら木柵のそばに立ちどまる、そして
燕麦《からすむぎ》やライ麦を眺める、
狂人は真症と決まってとうとう精神病院に運ばれた、
(彼はもはや決して、かつて彼が母の寝部屋の吊り床でしたように眠ることはあるまい、)
白髪頭の骨張った顎《あご》の日給金取りの印刷工は彼の活字箱で仕事と取り組み、
彼は彼の噛みタバコを口のなかでころがす、その間も彼の目は原稿をよごしているのだ、
奇形の四肢は外科医の手術台に緊縛《きんばく》された、
除去されたものがバケツの中へ気味悪く落ちる、
白人の血四分の三、黒人の血四分の一の混血児の娘が競売台で売られる、酔漢は酒場の暖炉のそばでうとうとと眠っている、

機械工員は彼の袖をまくし上げる、警官は彼の受持区域を巡回する、門衛は通る者に用心する、
若い衆は速配四輪荷馬車を駆る、（わたしは彼と知り合いではないけれども彼が好きだ。）
混血児は競走で勝負を争うために彼の軽快な長靴を紐でくくる、
西部地方の七面鳥狩猟は老いをも若きをもひきつける、あるものは彼らの銃身にもたれかかり、あるものは丸太のうえにすわっている、
連中のなかから射撃巧者が進み出る、彼の姿勢を定めて彼の火器を水平の位置に持って来る、
新来の移民の集団は波止場や護岸のうえに群がる、
羊毛のようなもじゃもじゃ頭が砂糖黍《きび》の畑で除草器を動かしているとき、監督は鞍の上から彼らに目をそそいでいる、
舞踏場で合図が鳴る、紳士たちは彼らの相手を求めて急ぐ、舞踏する人たちはお互いに会釈する、

若者が杉でふいた屋根裏部屋に眠りもせず横臥している、そして音楽のような雨の音に耳傾ける、
ウルヴェリーンはいずれはヒューロン湖を満たすだろう小川のうえに魚簗《やな》を仕掛ける、
黄色の縁縫いをした着物を着たアメリカ・インディアンの女は売物の鹿皮靴や数珠玉細工の手提袋を持ち込む、
半眼で展覧会場をのぞき回る美術鑑賞家ははすかいに曲がった、
水夫たちが小蒸気船をつなぐと板が上陸する旅客のために架けわたされる、
妹娘は束糸を差し出している、姉娘はそれを球に巻いている、そして時々結び目に出会って手をやめる、
結婚後一年をたったばかりの人妻は一週間前に彼女の初めの子を産んだが、肥立ちもよく喜んでいる、
型の整った髪をしたヤンキー娘はミシンを踏んだり、あるいは工場や製粉所で働いている、
敷瓦工は二つ把手のついた撞槌《つきつち》にもたれかかり、探訪記者の鉛筆はノートブックのう

えを迅速に飛び、看板屋は青と金とで文字をかく、
運河人夫は曳舟路を足早に踏み、簿記係は事務机で計算をし、靴屋は彼の糸に蠟《ろう》をひく、
指揮者は楽団のためにタイムを拍《う》ち、全演奏者は彼にしたがう、
小児は洗礼を授けられた、改宗者は彼の最初の信仰告白をする、
操艇競技は湾内に展げられる、競技が始まった、(何とその白帆が輝くことぞ!)
家畜を市場に追ってゆく男は彼の家畜の群れが迷わないように声をかけている、
行商人は背に負うた荷のために汗をかいている、(買い手は端銭を値切っている、)
花嫁は彼女の白いドレスのしわを直す、時計の秒針は徐々に動く、
阿片吸飲者は硬直した頭とわずかにあけた唇をしてもたれかかる、
売笑婦は彼女のショールを引きずる、彼女のボンネットは彼女の酔っぱらった、吹き出物の出た頸《くび》の上で跳舞している、
群衆は彼女ののしり騒ぐ声をきいて嘲笑する、人々はお互いに目ひき袖ひきからかっている、
(何と情けないことだ! わたしは君ののしり騒ぐのを嘲笑もしなければからかい

もすることではない〕
閣議を開く大統領は才能のすぐれた長官たちにとりまかれている、
側廊では三人の名流婦人が腕を組んで鷹揚《おうよう》かつ親しげに歩みを運んでいる、
魚のにおいをプンプンさせる積み荷の乗組員たちは船艙《せんそう》におひょうを積み重ねること
を繰り返した、
ミズリー州の男は彼の商売ものや家畜を運んで平原を横断する、
乗車賃の集金人は列車のなかを通り過ぎながら小銭のつり銭をジャラジャラ音をさせ
て注意を促す、
床張り工は床を敷き、ブリキ屋はブリキ屋根をふき、左官は漆喰《しっくい》を求めて呼び声を立
てている、
搬具をそれぞれの肩にかつぎ、一列になって労働者たちは過ぎてゆく、
季節は交互に営みをつづける、おびただしい人出である、今日は〝第七の月〟の四日
である、（大砲や小火器の何という挨拶だ！）
湖面の遠くで突き漁の漁夫は凍った表面の穴のそばで看視して待っている、

伐り残りの木株は開拓地のぐるりにびっしりと立っている、放牧地借用者は彼の斧《おの》を
もって掘り起こしている、
平底船の船頭たちは白楊樹《どろやなぎ》や胡桃《くるみ》の森の近くを闇がせまると急ぐのだ、
洗い熊の捜索者たちは〝紅河〟の地域やテネシー川によって排水される地方やアーカンソー川のそうした地方を歩いて過ぎる、
炬火《たいまつ》はチャタフーチェ川やアルタマハウ川のうえをおおう闇の中に輝いている、
族長たちは彼らのまわりにぐるりとなっている息子たちや孫息子たちや曾孫《ひまご》たちと一緒に夕食の席にすわっている、
日干し煉瓦の壁のなか、キャンバスの天幕のなかで、その日の猟が終わったあと狩猟者たちや罠《わな》猟師たちは休息する、
都会も眠る、田舎も眠る、
生きているものたちも彼らの時のために眠り、死んだものたちも彼らの時のために眠る、
老いた夫も彼の妻のかたわらに眠り、若い夫も彼の妻のかたわらに眠る、
こうしてこれらのものはわたしに向かって内の方へやって来、またわたしはそれらに

向かって外の方へと行く、
そしてそうしたものたちがそうであるのと同様に多少にかかわらずわたしなのだ、
そしてこれら一つ残らずについてわたしはわたし自身で歌を編み織るように作るのである。

一六

わたしは年老いたもの、また若人のものであり、賢者のものであると同様に愚者のものでもある、
他人に無頓着で、いつでも他人に注意を払っている、
父性であると同様に母性であり、成人であると同様に小児である、
粗末な材質でふくらまされているし、また精良な材質でふくらまされている、
数多い国家のうちの〝国家〟の一つだ、最も小なるものも最も大なるものと同じだ、
〝南部地方人〟であることはやがて〝北部地方人〟だ、わたしの現に住んでいるオコ

ニー川の下流近くののんきで客好きな入植者だ、
自分なりの方法でいつも商売に向くようにおあつらえにできたヤンキーだ、わたしの
関節は世界一しなやかな関節で世界一強靭《きょうじん》な関節だ、
手製の鹿皮造りの脚絆《きゃはん》をつけてエルクホーン川の谷々を歩くケンタッキー人だ、ルイ
ジアナ人、さてはジョージア人だ、
湖沼や湾上のあるいは沿岸通いの船乗りだ、フージアだ、バッジアだ、バッキーだ、
カナダの雪沓《ゆきぐつ》をはき、あるいは叢林高地にあり、あるいはニューファウンドランドの
沖合の漁夫たちにまじっても気楽だ、
氷上駛行《しこう》船の船団にまじって他のものたちと帆走し、針路を転回するのもお手のものだ、
バーモント州の丘々のうえでも、あるいはメイン州の森林のなかでも、あるいはテキ
サス州の農場のなかでも気楽に構えるものだ、
カリフォルニア州人の仲間であり、奴隷でない〝北方西部人〟たちの仲間だ、(彼ら
のでかでかとした恰幅《かっぷく》が好もしいのだ、)
筏乗《いかだの》りたちや炭坑夫たちの仲間であり、握手し、飲み食いを歓迎するあらゆるものの

仲間だ、
最も単純なものと一緒に学ぶものであり最も思慮ある人たちの教師だ、
始めたばかりの未熟者だがしかも幾多の春秋を知り悉《つく》しているものだ、
わたしはあらゆる皮膚の色のものであり世襲的階級のものだ、またあらゆる階層と宗
教のものだ、
農夫だ、機械工だ、芸術家だ、紳士だ、船員だ、クエーカー教徒だ、
囚人だ、間夫《まぶ》だ、無頼漢だ、弁護士だ、医師だ、僧侶だ。

わたし自身の色分け以上のどんなすぐれたものをもわたしは拒否する、
空気を呼吸はするが、しかもわたしのあとに多くのものを残しておく、
そして傲慢《ごうまん》ではなく、いつもわたしの分を守っている。

(蛾《が》や魚の卵たちは彼らの分を守っている、
わたしの見る輝かしい太陽たち、わたしの見ることのできない暗色の太陽たち、いず

れもそれらの分を守っている、
触知し得るものもその分を守り、そして触知し得ぬものもその分を守っているのだ。）

一七

これらのものは実にあらゆる時代の、あらゆる国々の思想であって、わたしと一緒に創《はじ》まったものではない、
もしこれらのものがわたしのものであると同様に諸君のものでないとしたならば、それらは何ものでもないし、あるいは何ものでもないのに次ぐものだ、
もしそれらが謎《なぞ》ではなく、そして謎を解くことでないならば、それらは何ものでもない、
もしそれらが遠方のものであると同様に近接のものでないならば、それらは何ものでもない。

これは陸地であり、水域であるいかなるところにも成育する草だ、

これは地球を浸す普遍な空気だ。

一八

コルネットを吹き、太鼓を鳴らし、活発な音楽と一緒にわたしは来る、
わたしは受容された勝者のためにだけ行進曲を奏しはしない、わたしは征服され、殺
　害された人々のために行進曲を奏する。

戦勝はよいことであるということを諸君は聞いたか？
わたしもまた言おう、敗れるのもよいことだと、戦闘に負けたということは同様な意
　味でそれらが勝たれたことなのである。

わたしは死者のために鼓を打ち、かつたたく、
わたしは彼らのためにあらんかぎりの高音と最も快活なものをわたしの楽器の吹奏口

を通して吹奏するのだ。

敗北した人々よ、万歳!
また海底に沈没した戦艦の乗組員たちよ、万歳!
また海に身を投じた人々よ、万歳!
また敗軍のあらゆる将軍たちとあらゆる勝ちほこった勇者たちよ、万歳!
また勇名をはせた偉大な英雄たちと等しく無数の知られない英雄たちよ、万歳!

一九

これは平等にそなえられた食事だ、これは自然に空腹になったものへの食事だ、
これは正しいものへのと同様に悪漢のためのものだ、わたしはあらゆる人々と約束する、
わたしはたった一人のものをすら軽蔑しまた置き去りにはしない、
二号も、食客も、盗賊もこのゆえに招待されたのだ、

厚い唇をした奴隷も招待された、性病患者も招待された、
彼らと他の人々との間には何らの区別もあってはならぬのだ。

これは内気な手の押圧だ、これは髪の毛の漂いだ、匂いだ、
これはわたしの唇の君のへの接触だ、これは思慕のささやきだ、
これはわたし自身の顔を反射する遠方の海だ、山だ、
これはわたし自身の深慮ある没入だ、また再度の出口だ。

君は何かわたしが解《げ》しがたい意図を持っていると考えるのか？
そうだ、わたしは持っているぞ、なぜなら〝第四の月〟のにわか雨も持っているし、
　一塊の岩石の側面にある雲母も持っているからだ。

君はわたしがそんなことを言ってびっくりするだろうと思うのか？
真昼の日光はびっくりさせるか？　森をぬけてさえずる早朝のあかあおアメリカむし

くいはびっくりさせるか？
わたしは彼ら以上にびっくりさせることをするだろうか？
今こそわたしは内密で君に事のわけを告げよう、
わたしは誰彼の見境なく告げていいのではないのだ、だが、君にだけは告げなければならぬ。

二〇

そこへ行くのは何びとだ？　物ほしげで、大きな図体をして、不可解で、赤裸々な、
わたしが食う牛肉から精力をわたしがひき出すといって、それがどうしたというのだ？

一体、人間とは何だ？　わたしは何だ？　君は何だ？

わたし自身のものとしてわたしがしるしをつけたあらゆるものを君は君自身のものと
して相殺《そうさい》するがいい、
そうでなければわたしのいうことに耳傾けることは時間つぶしとなる。

全世界は泣き言《ごと》だらけだなどとわたしは泣き言はいわぬ、
歳月は空の空なものであり、大地は輾転《てんてん》しかつ不潔なものに過ぎないなどとも。

病人のために粉薬を包むような愚痴やおべんちゃら、見てくれの相似など四つ隔った
従兄弟《いとこ》に行けだ、
わたしは家の内だろうが外だろうが気の向いたようにわたしの帽子をかぶる。

なぜ祈禱などせねばならないのか？　なぜわたしは威厳をつくろったり儀式張ったり
しなければならぬというのか？

地層を貫いて穿鑿《せんさく》し、一毫《いちごう》の末まで分析し、博士たちに相談して綿密に計算したところで、わたしが発見したものはわたし自身の骨に密着しているより以上の好もしい脂肉ではないのだ。

すべての人々のうちにわたしは大麦の一粒自体以上でも以下でもないわたし自身を見る、そして善かれ悪しかれ、わたし自身についていうことは彼らにも当てはまるのだ。

わたしはわたしが中がからっぽでなく健康なのを知っている、
宇宙の複合する物象はわたしに向かって不断に水のように流れる、
すべてのものはわたしに向かって書かれた、そこでわたしはその書かれたものの意味を知らなければならないのだ。

わたしはわたしの不死であることを知っている、
わたしのこの軌道が大工のコンパスで軽く擦過さるべきでないことをわたしは知っている、
わたしが夜に燃えた木ぎれで描く子供の火の輪のように消えてゆくものではないことをわたしは知っている。

わたしが堂々たるものであることをわたしは知っている、
それ自体を弁護したり理解されるようにわたしの精神を煩わすことをわたしはしない、
自然の諸法則は決して申訳などしないことをわたしは承知している、
（所詮わたしはわたしの家を建てるのにつかう水準器よりより以上には驕慢《きょうまん》に振舞いはしないことを思うのだ。）

わたしがかくあるようにわたしは存在する、それだけで充分だ、
もし世界中に誰一人として気がつかないとしても、わたしは満足してすわっている、

また、もし一人残らずすべてのものが気づいているにしても、わたしは満足してすわっている。

一つの世界がわかっている、それは格段にわたしにとって最大のものなのだ、そしてそれはわたし自身なのである、
わたし自身になりきることが今日であろうと、一万年の後、一千万年の後であろうとかまわない、
わたしは歓んでそれを迎えることができるし、同様な喜びをもって待つこともできる。

わたしの足がかりは花崗岩《かこうがん》にほぞあなを切ってはめられてある、
わたしは君が死滅と名づけるものを嘲笑する、
そしてわたしは時間がたっぷりなのを知っているのだ。

二一

わたしは〝肉体〟の詩人であり、またわたしは〝霊魂〟の詩人である、
天国の愉楽はわたしと共にあり、また地獄の痛苦はわたしと共にある、
初めのものをわたしはわたし自身に接枝《つぎき》し、またふやし加え、あとのものをわたしは
新しい言葉に翻訳する。

わたしは女性の詩人であり、同様に男性の詩人だ、
そしてわたしはあえていうが、女であることは男であると同じように偉大である、と、
さらにわたしはあえていう、人の子の母であることよりより偉大なものは何ものも無
い、と。

わたしは膨脹や矜持《きょうじ》、頌歌《しょうか》をうたう、

わたしたちはペコペコすることや事なかれ主義にはもう飽き飽きした、
わたしは物の大小は単に発展の所産に過ぎないことを示すのだ。

君は他の人々を追い越したか？　君は〝大統領〟なのか？
それは些細なことだ、人々は一人残らずそこに行きつくのだ、そしてなお歩みをつづけてゆくのだ。

わたしはやさしくそして深まりゆく夜と共に歩くものなのだ、
わたしは夜によって半ば包まれた大地と海に向かって呼びかける。

あらわな胸をした夜よ、ぴったりと寄り添え――人の心をひきつける滋味豊かな夜よ、
ぴったりと寄り添え！
南の風吹く夜――大きな少数の星の夜！
静かにうなずいている夜――物狂おしい裸形《らぎょう》の夏の夜。

ほほえめ、おお、心そそのかす涼風吹く大地よ！
まどろんでいる露しとどの樹々ある大地よ！
太陽の落ちて行った大地――霧深い頂をのせた山々の大地よ！
まるで藍《あい》いろで縁どった満月の透明な光を放つ大地よ！
川の流水に明暗の斑《ふ》をおく大地よ！
わたしのためにひときわ輝かに、ひときわ清らかな雲々の澄みきった灰白色の大地よ！
遠くから引っさらえる肘《ひじ》をもつ大地――豊かな林檎の花咲く大地よ！
ほほえめ、君の愛人が来るのだから。

物惜しみせぬ者よ、君はわたしに愛をくれた――だからわたしも君に愛を与える！
　おお、言語に絶する狂熱的な愛。

二二

君、海よ！　わたしはまたわたし自身を君に委《ゆだ》ねる——わたしは君が意味するところのものが何かわかる、
わたしは渚辺《なぎさべ》から君の折りまげて招く指を見る、
わたしは君がわたしに触れることなしに戻ってゆくことを拒絶するのを信ずる、
わたしは君と一緒に一回転をしなければならない、わたしは着物を脱ぐ、陸地の見えないようにわたしを急がせろ、
やわらかくわたしに褥《しとね》をつくってくれ、巨濤《きょとう》のまどろみのなかでわたしを揺り動かしてくれ、
愛欲の湿液でわたしにはねかかってくれ、わたしは君に返礼することができるのだ。

のびひろがった大うねりの海、

広々として痙攣《けいれん》的な呼吸を呼吸する海、
人生の涙の、また掘られてはないが、しかもつねに準備のできている墓場の海、
嵐のわめく者と掬《すく》い込みをする者、気まぐれでまた気むずかし屋の海、
わたしは君と異身完全体だ、わたしはまた一つの姿相のものであり、またあらゆる姿
　相のものだ。

わたしは流入と流出に参与するものであり、憎悪と和解の賞賛者、
愛人たちや腕をさし交わして眠るものたちの賞賛者である。

わたしこそ共感を立証する男だ、
(わたしは家の中の品物の一覧表を作製してそれらを納めてあるところの家そのもの
　を見落としていいだろうか?)

わたしは善良さだけの詩人ではない、わたしはまた邪悪の詩人たることを拒みはしない。

美徳に関しての、また悪徳に関しての、これはまた何とした出しぬけの論争だというのだ！
悪はわたしを推し進めるし、また悪の矯正もまたわたしを推し進める、わたしはどっちでもおかまいなしに立っている、
わたしの歩きざまはアラ捜しのそれでもなければ排斥者の歩きざまでもないのだ、
わたしは発芽したところのあらゆるものの根に湿りをくれるのだ。

君は衰えを知らない多産者から出て来る腺病《せんびょう》のようなものを恐れはしなかったか？
君は天界の諸法則が今に至ってなお効用をつづけ、また更改さるべきであると考えるのか？

わたしは一つの側面に均衡を発見し、またその対蹠《たいしょ》の側面にも均衡を発見した、
穏健な教義もしっかり支えられれば確固不抜の教義として役立つ、

現前の思想と行為とはわたしたちの起床ラッパであり早朝の出発だ。
この瞬間こそは過去の幾千万のそれを越えてわたしに来たものだ、
それ、すなわち現在にまさる何ものもあるべきでない。

過去においてどんなに善行をしたか、また現在どんなに善行をしているか、そんなことは問題ではない、
問題になるのは、いついかなる時にも一人の卑賤《ひせん》な生まれの人間、一人の異端者がどうして存在し得るかということなのだ。

二三

長年月にわたる言葉の絶え間ない表明！
そして新人たるわたしのいう言葉は〝大衆と一緒に〟の一語だ。

失望させることのない真実の言葉、
たった今でもまたこれから後もわたしにとってそれは全く同様である、わたしは無条件に〝時〟を受容する。

それだけが欠点なしだ、それだけがあらゆるものを回転し完全にする、
あの摩訶《まか》不思議な思い惑わす驚異だけがあらゆるものを完全にする。

わたしは〝現実〟を受容してあえて疑うことはせぬ、
実利主義を徹頭徹尾浸透させるのだ。

実証科学万歳！　正確な実例証示万歳！
シーダーやライラックの枝々に取りまぜてべんけい草を行って持ってこい、
これは辞書編纂《へんさん》者だ、これは化学者だ、これは古代カートウシュの文典作者だ、

これらの航海者たちは危険きわまる未知の海へと船出したのだった、
これは地理学者だ、これは外科医用小刀を使う者だ、そしてこれは数学者だ。

紳士諸賢、最大の栄誉はつねに諸君のものである！
諸君の実証は有用である、しかもなおわたしの安住の場所ではない、
わたしはそれらによってわたしの安住の場所の中庭へとはいるに過ぎないのだ。

小道具いっさいを想起せしめるものについて語るにはわたしは言葉少なではあったが、
語られなかった生涯の小道具いっさいと自由と離脱を想起せしめることについては多く語った、
そして中世のものや去勢されたものを軽んじて準備完璧《かんぺき》の男女を偏愛する、
そして反乱の銅鑼《どら》をたたき、亡命者や陰謀を企て、また党を結ぶ人たちと一緒にとどまる。

二四

ウォルト・ホイットマン、一個の宇宙人、正真正銘のマンハッタン子、
騒ぎ立てることが好きで、肥り肉で、肉感的で、よく食い、よく飲み、よく種づけるもの、
メソメソ屋ではなく、男たちや女たちのうえにはだかるものでもなければ、彼らから
　超然と離れているものでもない、
不道徳者にくらべて堅造《かたぞう》というのでもない。

扉から錠をとりはずせ！
脇柱から扉それ自体をとりはずせ！

誰であろうと他人を劣等視するものはわたしを劣等視するものだ、
そしてなされ、あるいは語られたどんなものも最後にはわたしに戻って来るのだ。

わたしを通じて詩人の霊感が、またわたしを通じて潮流と指標が大浪のように寄せに寄せる。

わたしは原初の合言葉をいう、わたしは民主主義の合図を与える、
神にかけて誓う！　わたしはすべて同一の条件でそれらの相対物をもつことができないところの何ものをも受容することはしない。

わたしを通じて多くの長い間物言わなかった声々が、
囚徒や奴隷の幾世代かにわたる声々が、
病んだもの、絶望したもの、また盗賊や萎縮させられたものの声々が、
準備と増殖との全連続の、
また星々を結びつけ、子宮と父たるべき未完物質を結びつける連鎖の、
また他のものに圧伏される彼らの権利の、

不具者の、とるに足らぬものの、パッとせぬものの、愚直なものの、侮蔑されたものの、
大気にうかぶ霧の、糞便《ふんべん》の円塊をころがす甲虫の声々が。

わたしを通じて禁断の声々が、
わたしを通じて性欲と守銭欲の声々が、仮面をかぶった声々が、そしてわたしはその
　仮面を取り除くのだ、
わたしによって浄化され変貌された淫猥《いんわい》なものの声々が。

わたしは指で自分の口をふさぐことはしない、
わたしは頭や心臓のまわりをするように自分の大小の腸のまわりを思いやりのある取
　り扱いをつづける、
性交はもうわたしにとって死よりも優位を占めるものではない。

わたしは肉欲と食欲を結構なものだと思う、

視ること、聴くこと、触知すること、いずれも奇跡である、そしてわたしのどの器官
　も垂片も一つの奇跡である。

内にあってもにあってもわたしは神聖であり、わたしが触れ、またわたしが触れら
　れた何ものをもわたしは神聖なものにする、
これらの腋《わき》の下のにおいは祈禱よりもすぐれた芳香だ、
この頭は教会よりも、聖書よりも、またどんな教旨よりも、より以上のものだ。

もしわたしが他のものに優先して一つのものを尊崇するとしたならば、それはわたし
　自身の肉体の伸張か、あるいはそれのどんな部分かであるべきだ、
わたしの半透明な身体の形、それは君であるべきだ！
樹かげの張り出しと縁台、それは君であるべきだ！
力強い男性的な犂刃《すきば》、それは君であるべきだ！
わたしの耕地へやって来るどんなものであるにしても、それは君であるべきだ！

君、わたしの豊かな血液よ！　君のミルクのような流れはわたしの生命の絞り汁を顔色なからしめる！

他人の胸部を押圧する胸、それは君であるべきだ！

わたしの脳髄、それは君の摩訶《まか》不思議な脳の回転であるべきだ！

洗われた菖蒲《しょうぶ》の根よ！　臆病な田しぎよ！　保護された対《つい》の卵の巣よ！　それは君であるべきだ！

頭のこんがらかってつかみ合っている乾草、顎鬚《あごひげ》、筋肉、それは君であるべきだ！

楓《かえで》のポトポトしたたる樹液、男らしい小麦の細根、それは君であるべきだ！

そんなにも寛厚な太陽、それは君であるべきだ！

わたしの顔に明暗を与える煙霧、それは君であるべきだ！

君、汗ばむ小川と露よ、それは君であるべきだ！

そのやわらかくくすぐる性器でわたしを摩擦する風よ、それは君であるべきだ！

広漠とした筋肉たくましい耕地よ、生きている樫《かし》の枝々よ！　わたしのうねうねした小径《こみち》の愛すべき散策者よ、それは君であるべきだ！

わたしのとった手、わたしの接吻した顔、わたしのかつて触れた人、それは君であるべきだ。

わたしはわたし自身を溺愛《できあい》する、そこにはわたしというものがあり余るほどあって、
すべてそんなにも甘美なのだ、
どの瞬間もまたどんなことが起ころうとも歓喜でわたしを竦動《しょうどう》する、
わたしはどうしてわたしの足首が曲がるのだか語ることはできない、同様にわたしの最も微小な願望の因って来たるところに関しても、
同様にわたしが放出する友情の因って来たるところについても、さらにわたしが再び受け取る友情の因って来たるところについても同様である。

わたしが自家の入口階段を昇るということ、これは事実だろうかと考えてわたしは足踏みする、
窓ぎわの朝顔の花は書物の抽象論以上にわたしを満足させるのだ。

夜明けを凝視する！
小さい光が無限にひろがる透明体の陰影を褪色《たいしょく》せしめ、
空気はわたしの口蓋《こうがい》においしい。

回転する地球のかなりの重さのあるものは子供らしい跳《は》ね遊びでのように、音も立てずに上昇し生き生きとにじみ出て、
高くまた低く斜めに急ぎ走って行く。

わたしの見ることのできない何ものかが好色な尖頭器を上方に向かって突き出し、
輝いた液体の海が上天にあふれ出す。

大空がひきとめていた大地、それらのつなぎ目の日ごとの結合、
その瞬間、わたしの頭上には東方からの投げられた挑戦、

侮辱する嘲罵《ちょうば》が起こる、そのときこそ二者のいずれに主人たるべきかが君にわかる！

二五

目もくらまさんばかりに圧倒してどんなに迅速に日の出はわたしを殺すことだろう、
もしも常々わたしが自分から日の出を送り出すことができなかったとしたら。

わたしたちはまた太陽のように目もくらまさんばかりに圧倒して上昇する、
わたしたちは暁の静けさと清涼のなかに、おお、わたしの霊魂よ、わたしたち自身を
　見いだすのである。

わたしの声音はわたしの両眼が達することのできないところのものを追いかけ、
わたしの舌の回転でわたしの世界を、またいくつもの世界の円塊を取りかこむ。

言語はわたしの幻想の双生児だ、それはそれ自身を判断するのに不充分である、
それはいつもわたしを腹立たせ、それはあてこすっていうのだ、
ウォルトよ、君は充分包含している、それならなぜそれを出そうとしないのだ？　と。

さあ、もうわたしはいじめられてはいない、君はどう発言しようかと煩い過ごす、
君は知ってはいないか、おお、言語よ、どんな風に君の下に芽が包まれてあるかを？
霜に保護されて暗い場所に待っている、
土塊はわたしの預言的な絶叫に先立って引きさがる、
わたしは最後にそれらを平衡にするために動因の土台をつくる、
わたしの生きた部位であるわたしの知識、それはあらゆる事物の意義に符合せしめる、
すなわち〝幸福〟である、（そのものはわたしの言葉を聞く誰であるにしても彼なり
　彼女なりをしてこの日を捜しに出発せしめるのだ。）

わたしはわたしの究極の真価を君に与えることを拒絶する、わたしはわたしが真に何

ものであるかをわたしから外に出すことを拒絶する、
世の中の人間をあげて包囲しろ、だが、決してわたしを包囲しようとはするな、
わたしはほんのちょっと君の方を見るだけで君のこの上ないもっともらしさと最上のものを押しつける。

書くことも物いうこともわたしを立証しはしない、
証明の充実と、わたしの顔のなかに他のどんなものをもわたしは持って歩く、
わたしの唇を沈黙させることでわたしは完全に懐疑論者を当惑させる。

二六

今こそわたしは何もせずに、耳をそばだてることだけをしよう、
わたしの耳にするところのものはこの歌のなかにと増し加え、物の音をそれに向かっておくり込むことにしよう。

わたしは聞く、小鳥たちの華やかな演奏を、成長する小麦のざわめきを、火焰の饒舌《じょうぜつ》を、わたしの食事を料理する薪《たきぎ》のパチパチはぜる音を、
わたしは聞く、わたしの愛する音響を、人間の声音を、
わたしは聞く、一緒になって走り、結びつき、融け合い、ついで起こるあらゆる音響を、
都市の音響を、都市の外の音響を、昼と夜の音響を、
好きな人たちに向かって語る話し好きの若者たちを、食事時の労働者の声高の笑い、
　仲たがいした友達の怒った低音、病者の消えるばかりの語調、
机にぴったりと手をおいた裁判官、彼の血の気のなくなった唇が死刑を宣告する、
波止場で船の積み荷を下ろす仲仕たちの掛け声、錨《いかり》を揚げる水夫たちの掛け声の折り
　返し、
警鐘の乱打、火事を知らせる絶叫、警告する小鈴と色つき燈火を掲げた気の短いエン
　ジンと水管車の音の渦巻、
汽笛、近づいて来る列車のしっかりした轟《とどろ》き、

二列縦隊になって行進する一団の先頭で奏せられた緩やかな行進曲、
(彼らはある棺《ひつぎ》を護衛するのだ、旗の上方部は黒布でおおわれていた。)

わたしはヴィオロンチェロを聞く、(それは若人の心の不平だ、)
わたしは有鍵《ゆうけん》コルネットを聞く、それはわたしの耳深く急速にすべってゆく、
それはわたしの腹や胸部を貫いて物狂おしい甘い痛苦を振い起こす。

わたしは合唱を聞く、それは本格歌劇である、
これこそ真に音楽である――これはわたしを満足させる。

天地創造のようにわたしを充足する奔放で生き生きとしたテノール、
彼の口の球状に曲げたところから注ぎ出されてわたしをいっぱいに満ちあふれさす。

わたしは訓練されたソプラノを聞く、(彼女自身と一体になってこれはまた何という

素晴らしい作品だろう？）

オーケストラはウラノスの飛翔《ひしょう》よりも広範にわたしを急旋転させる、自身がそんなものを保有していたことさえわたしの知ることのなかったこのような熱情をわたしからねじり取る、

それはわたしを帆走らせる、わたしは素足で軽くたたく、足は物うげな波浪によって舐《な》められた、

わたしは残忍な憤激した雹《ひょう》によって打ちのめされる、わたしはわたしの呼吸を喪失する、

蜜のようなモルヒネの真ん中に浸って、わたしの気管は死の欺瞞《ぎまん》でくびられた、

やがて最後に再びおよそ謎《なぞ》の中の謎を感知するために起ち上がらされる、

そして、それこそわたしたちが〝実在〟と称するところのものである。

二七

どんな形態にかなるということ、そのことはいったい何だ?

(めぐりめぐってわたしたちは行く、わたしたちみんながである、そしていつもそこへ舞い戻って来る、)

もし静止していて何らの発展をしないとしたならば、その硬い殻をかぶっているはまぐりで事足りるのだ。

わたしのものは硬い殻をかぶってはいない、
わたしが行き過ぎるにしても、立ち止まるにしても、わたしには完全に支配する直接な先導者がある、
彼らは一つ一つ物象をつかまえ、わたしを通じて妨げられることなくそれを導く。

わたしは単に指で刺激し、押圧し、さわって見るだけ、それだけでわたしは幸福なのだ、わたしの身体をある一人のそれに接触するということは、わたしが直立していることができるとほとんど同じようなものなのである。

二八

では、これが接触というものなのか？　一人の新しい同じと認めるものへとわたしをおののかせることが、
火焔とエーテルはわたしの脈管に向かって突進する、
わたしの反逆的な小先端はそれらに手をかすために伸び、群がり集まってくる、
わたしの身肉と血液はわたし自身をほとんど区別もつきかねるところのものに打撃を
　加えようとして電光をひらめかし、
四面楚歌《そか》の状態で貪淫な煽動するものどもはわたしの四肢を硬直させ、
その許すことを拒んだ滴り落ちるものを求めてわたしの胸の乳房をピンと伸ばし、

わたしに向かって無法に振舞い、拒むことなど相手とせず、
意図あるもののようにわたしの最もよきものをわたしから奪い、
わたしの着物のボタンをはずしわたしの一糸まとわぬ腰を抱きかかえ、
日光や牧野の平静さでわたしの混乱を欺き、
無遠慮に仲間の諸感覚を追いのけ、
それらは接触で物と物とを交換するように賂《まいな》いし、そしてわたしの先端に来て摩擦し、
わたしの涸渇《こかつ》される力やわたしの憤激を考慮することもなければ注意を払うこともなく、
群がり集まる残りのものたちをその周囲にとらえ来たって暫時の間それらを享楽せしめ、
かくして岬角《こうかく》のうえに直立し、またわたしを懊悩《おうのう》せしめるためにあらゆるものが結合
するのである。

哨兵《しょうへい》たちはあらゆるわたしの他の部位を見捨てる、
彼らは赤い略奪者へとわたしを孤立無援に残した、
彼らはすべてわたしに反抗して立証し助力するために岬角にやって来る。

わたしは裏切り者たちによって打ち捨てられた、
わたしは荒っぽく口をきく、わたしは自分の機知を喪失した、誰でもないわたし自身が最大の裏切り者なのだ、
わたしが最初に岬角へとわたし自身で出かけて行ったのだ、わたし自身の手が自分をそこへと運んだのだった。

汝、悪党の接触よ！　汝はどうしようというのだ？　わたしの呼吸は咽喉《のど》でつまりそうだ、
汝の水門を押しあけろ、汝はわたしの敵するところではない。

二九

盲目な、愛着し、全力を尽くす接触よ、さやに納まり、物をかぶって、鋭い歯をした

接触よ！
わたしを引き離すことはそんなにも汝に痛みを覚えさせたというのか？
到着によって跡づけられ、永久の負債の永久の償却である別離、
豊かな、降りそそぐ雨、そしてあとでは一層豊かに償還されるもの。
新芽は萌え出て群がり集まり、多産的にまた活力に満ちて化粧縁のかたわらに直立する、
極限の大きさで、金色燦然《こんじきさんぜん》と、男性的に投影された風景。

三〇

すべての真理はすべてのもののうちに待機している、
それらはそれら自身の出産を急ぎもしなければ、それを拒みもしない、
それらは外科医師の助産婦的な鋏子《やっとこ》を要しはしない、

取るに足らぬものもわたしにとってどんなものとも同じように大きいのだ、
（接触に比べてより少なく、またより多くのものが何だというのだ？）

論理も説教も決して納得させはせぬ、
夜の靄《もや》はわたしの霊魂のなかへと一層深く驀進《ばくしん》する。

（どの男女へもそれ自身を立証するところのものだけがそうなのだ、
何人も否定しないところのものだけがそうなのだ。）

一瞬時、そしてわたしの一滴りがわたしの脳髄を鎮静させる、
湿った土塊が愛人ともなり燈火ともなることをわたしは信ずる、
とどのつまるところ男なり女なりの実質であり、
またそこにある山の頂上や花はそれらが交互に相通わせる感情であり、
またそれらはその教訓から無限に派生して万物を創るものとなり、

またついには一つ残らずがわたしたちを喜悦せしめ、わたしたちが彼らをそうすることになるのである。

三一

わたしは信ずる、一片の草の葉も星々の運行する仕事に劣らないことを、
また、蟻《あり》も、砂の一粒も、さらに鷦鷯《みそさざい》の卵も等しく完全であることを、
また、雨蛙は至高者へ捧げる傑作であることを、
また、からみつくところの懸鉤子《きいちご》は天堂の広間を飾れるであろうことを、
また、わたしの手の中の最も精密な蝶番《ちょうつがい》関節はあらゆる機械を嘲らせるであろうことを、
また、頭を垂れて草を嚙む牝牛《めうし》はどんな彫像にも優越しているということを、
また、一匹の二十日鼠《はつかねずみ》は無数の宗教不信者たちをたじたじとせしめるに足る奇跡であることを。

わたしは発見した、わたしが片麻岩や石炭や長くつながった蘚苔《せんたい》や果実や穀粒や食用の根を一体に形成するのを、
どこもかしこも四足獣や鳥でわたしがスタッコ漆喰《しっくい》されているのを、
然るべき理由があってわたしの背後にあるところのものをわたしが遠方に置いたのを、
だが、わたしが欲するときに再びどんなものをも呼び戻すことができるのを。

急ぐことも、また逡巡《しゅんじゅん》することも無駄だ、
わたしが近づくのに反対して火成岩がそれらの古い火熱を送り出すことも無駄だ、
マストドン巨獣がそれ自身の粉になった骨の下に退くのも無駄だ、
物体が遠方に離れて立ち、多種多様の形態を装っても無駄だ、
大洋が空洞になって鎮静になり、大きな怪物が底に横たわっていても無駄だ、
大空を住処《すみか》とする鵟《のすり》も無駄だ、
蛇が蔓草《つるくさ》や丸太の間をすべり抜けても無駄だ、
麋《おおしか》が森中の小径《こみち》に逃げ込んでも無駄だ、

かみそり状の嘴《くちばし》を持った海鴉《うみがらす》が北方遠くラブラドルに飛んでも無駄だ、
わたしは大急ぎであとをつける、わたしは絶壁の裂け目のなかの巣にまでものぼって
ゆく。

三二

わたしが変形して動物たちと一緒に生活することができるとわたしは考える、彼らは
そんなにも温和で自足している、
わたしは直立して飽くことなく彼らを眺めている。

彼らは彼らの境遇を後悔したり哀しんだりはしない、
彼らは闇のなかに目覚めて彼らの罪のために泣くことはしない、
彼らは彼らの〝神〟に対する義務を論じ合ってわたしを痛ましめることをしない、
ただの一匹として満足しないものはない、ただの一つとして事物を所有しようと熱中

して気狂いのようになりはしない、
ただの一匹として他に対して膝を折ったりはしない、また幾千年も前に生存したその
同類に対しても同様である、
ただの一匹として全世界中に尊敬されるものもなければ、不幸なものもないのだ。

こうして彼らは彼らのわたしへの関係を示し、わたしは彼らを受容する、
彼らはわたし自身の愛情のしるしをわたしにもたらして来る、彼らは彼らの所有する
もので明白に彼らを表示する。

どこで彼らがそれらの愛情のしるしを獲得するのかわたしは不思議に思う、
とてつもない大昔にその道筋をわたしは通ったのだったろうか、そして不用意にそれ
らと関係を絶ったのだったろうか?

わたし自身はその時も、現在も、またこれから後いつまでも前の方へと移動し、

常にそして非常な速度でさらに多くを集め、また示す、
そのものは無限であり、すべての種類を含んでいる、またそれらにまじってそれらに
　似ているものをもである、
わたしの記念物に手を伸ばそうとするものたちに対してひどく排他的ではなく、
そこでわたしの愛するものを一つだけ選び出し、さて、今こそ、彼と共に兄弟のよう
　な間柄になってゆくのである。

わたしの愛撫に生き生きと感応する牡馬の素晴らしい美、
額が高く、双耳の間に幅広い首、
光沢があって軟靱《なんじん》な四肢、大地に塵をあげる尾、
ぴかと光る悪戯気《いたずらっけ》たっぷりの目、思うように動く立派な形の耳。

わたしの踵《かかと》が彼を抱擁《ほうよう》するとき彼の鼻孔は拡がる、
彼の見事に整った四肢はわたしたちが駆け回って戻って来るとき喜悦でうちふるえる

のだ。

わたしはほんのわずかの時間君を使用する、それから牡馬よ、君に暇を出す、わたしがわたし自身で彼らを駆け抜けるときに、何でわたしは君の緩徐な歩みなどが必要だというのだ？
わたしは立つなりすわるなりしながらでも君より一層速やかに進んでゆくのだ。

三三

〝空間〟と〝時間〟！　今こそわたしはそれが正確であることを知った、それはわたしが考えていたところのものだった、
それはわたしが草場のうえをさまよい歩きながら考えたところのものだった、
それはわたしがたった独りで寝床のうえに横たわっている間に考えたところのものだった、

そして再びわたしが朝の色うすれゆく星々の下の浜辺を歩きながら考えたところのものだった。

わたしの束縛《そくばく》や底荷はわたしから離れた、わたしの両肘《りょうひじ》は海の割れ目に静止している、
わたしは鋸歯《きょし》状をした山脈を囲み、わたしの双手は大陸をおおう、
わたしは自分の幻想と一緒に徒歩で行くのである。

都市の長方形の家々のそばに――木材伐出人たちと一緒に仮営しながら丸太作りの小屋のなかに、
通行税取立路の車の跡に沿い、水の涸《か》れた峡谷や小川の川床に沿い、
わたしの玉葱《たまねぎ》畑を除草し、あるいはにんじんとオランダ防風の列を犂《す》き、草原を横切り、森林のなかを路をつくるように踏みつけながら、
試掘しながら、金鉱を掘りながら、新しく購入した土地の樹木を帯状に樹皮をはぎながら、

熱砂のために踝《くるぶし》の深さまでも焼けつくように感じ、瀬の浅い川を渡しの小舟をひいて下り、
頭上の大枝のうえをあなたこなたへ豹《ひょう》が歩くところ、牡鹿が猟師へと猛然向きをかえるところ、
響尾蛇《がらがらへび》が岩の上でぐんにゃりした身丈を日向ぼっこしているところ、獺《かわうそ》が魚を餌食《えじき》にしているところ、
硬い吹き出物だらけの鰐《わに》が沼河のそばに眠っているところ、
黒熊が木の根や蜂蜜を探し回っているところ、海狸《ビーバー》が彼の櫂《かい》のような形をした尾で泥を軽くたたいているところ、
成育する砂糖黍《きび》のうえ、黄いろの花をつけた棉《わた》の木のうえ、低い湿った田のなかの米のうえ、
その路側の小溝《こみぞ》には海扇形の泡が吹き、かぼそい植物の芽が生えているとがった屋根の百姓家のうえ、
西部地方の柿の木のうえ、長い葉をした玉蜀黍《とうもろこし》のうえ、優美な空色の花の亜麻のうえ、

そこには休止しているものも一緒にではあるが一匹の飛び回ってブンブンいう奴のいる白と鳶色《とびいろ》の蕎麦《そば》のうえ、
微風にざわめき、影を描くライ麦の薄黒い緑のうえ、
山々をよじのぼる、注意深く自分自身を引っ張り上げ、丈低い、いじけた枝々に手をかけながら、
草深く埋もれたり、灌木《かんぼく》の茂みを踏みしだいて小径を歩く、
鶉《うずら》が森と麦畑との間に鳴き声を立てるところ、
蝙蝠《こうもり》が第七の月の夕ぐれのなかを飛びかうところ、大きな金花虫《るりむし》が闇を通して落ちるところ、
老木の根方から湧き出た小川が牧場の方へ流れるところ、
畜牛が立って彼らの皮をブルブルふるわせて蠅《はえ》をゆすぶり落とすところ、
チーズの搾《しぼ》り袋が台所にぶらさがるところ、薪架《まきだい》が炉の石枝にまたがっているところ、
蜘蛛《くも》の巣が垂木から花綵《はなづな》になってぶらさがるところ、
返り鎚《づち》が音立てて動くところ、印刷機がシリンダーを回転さすところ、

人間の心臓がその肋骨《ろっこつ》の下で恐怖すべき陣痛をもって鼓動するところ、
梨の形をした軽気球が高く浮揚するところ、(そのなかにわたし自身がはいって浮揚
して落ち着き払って眺め下ろしている、)
救命籃《かご》が滑索のうえに長くのばされるところ、暑熱がくぼんだ砂のなかに薄緑の色の
卵を孵化《ふか》するところ、
女鯨がその子供と一緒に泳いで決してそれを見捨てることをしないところ、
汽船がその煙の長い小燕尾旒《りゅう》の船跡をあとに曳くところ、
鮫《さめ》のひれが黒い削片のように水を切り分けるところ、
半ば焼けた二檣《しょう》帆装船が海図に無い潮流に乗り入れるところ、
その船のねばねばする甲板に貝類が育つところ、下の方で死んだものが腐ってゆくと
ころ、
すきまもなく星のついた旗が連隊の先頭に捧げ持たれ、
長くのびた島に沿って根方のマンハッタンに近づくところ、
ナイアガラの下、大瀑布がわたしの顔をおおう面紗《ベール》のように落下し、

入口の階段のうえ、屋外にある堅い木でつくられた乗馬用踏み台のうえ、
競馬場のうえ、あるいはピクニックや舞踊や野球の好試合を楽しみ、
口ぎたない嘲弄《ちょうろう》と、あてこすりをする気儘《きまま》勝手と、女けなしの舞踏と、飲酒と、哄笑《こうしょう》
　の男だけの底抜け騒ぎの場所で、
鳶色《とびいろ》の軟らかいかたまりの菓子を味わい、また藁《わら》から液汁を吸う林檎《りんご》酒醸造場で、
わたしの見いだすすべての赤い果実に接吻をしたくなる林檎の皮むき場で、
人員点呼、潮干狩、親しい仲の寄り合い、玉蜀黍の剝苞《はくほう》、家の棟上げで、
物まね鳥が妙音で咽喉《のど》をゴロつかせ、ガーガー、キーキー、メソメソ鳴きたてるところ、
乾草の堆積《たいせき》が納屋の広場に立つところ、枯れた茎が散乱しているところ、仔《こ》を産む牝
　牛が牛小屋のなかで待っているところ、
牡牛が彼の男性の仕事をするために前進するところ、種付け馬が牝馬へと前進すると
　ころ、雄鶏が牝鶏に交尾しているところ、
また仔を産まぬ牝牛が草はむところ、鵞鳥《がちょう》がチョッチョッと筋肉を痙攣《けいれん》させながら餌
　を摘みとるところ、

落ちて行った太陽の影が果てしも知れない物寂しい無樹の大草原のうえにひろがるところ、
野牛の群れが遠近数平方マイルをのろのろ歩き回るところ、
蜂鳥《はちどり》がひらめき光るところ、長生きした白鳥の頸が曲がったりねじれたりするところ、
海鷗が渚《なぎさ》に沿ってかすめ飛ぶところ、彼女が人間に似た笑いを笑うところ、
蜂の巣が丈高い雑草に半ばかくされている庭の灰色のベンチのうえに並んでいるところ、
頸に縞輪のある鷓鴣《しゃこ》が彼らの頸を外に出して地面のうえに輪形になって棲《とま》っているところ、
柩車《きゅうしゃ》が墓地のアーチになった門にはいって来るところ、
冬の狼が雪の降りつんだ荒地や氷柱《つらら》の下がった樹々のなかで吠《ほ》えるところ、
黄色の冠をつけた鶴が夜になると沼の端にやって来て小蟹《こがに》を餌にするところ、
遊泳者や飛び込みをするものたちがあげる飛沫《ひまつ》が暖かい真昼を涼しくするところ、
きりぎりすが井戸のうえの胡桃《くるみ》の木にとまって半音階の笛を吹くところ、
シトロンや、銀の線条をつけた葉の胡瓜《きゅうり》の畑を越え、

塩気のある土を舐《な》めるために動物の集合する場所や、蜜柑《みかん》畑のなかの通路を越え、あるいはまた円錐形の樅樹《もみのき》のかげ、
体操場を越え、カーテンを下ろした客室を越え、事務所や公会堂を越え、
同国人にも満足し、外国人にも満足し、新しいものにも古いものにも満足し、
美貌のものと同じように不器量な女にも満足し、
帽子をぬいで音楽的に話をするクエーカーの女信徒に満足し、
白塗りの教会の合唱隊の歌に満足し、
野外集会で厳粛に感動させられた汗だくのメソジスト派の説教者の熱誠あふれる言葉に満足し、
午前中をあげてブロードウェーの商品陳列窓をのぞき込み、厚い板ガラスのうえにぴったりと自分の鼻の肉をくっつけ、
同じ日の午後には自分の顔をうえに向けて雲を仰ぎ、あるいは小径を下り、浜辺の方へとさまよい、
自分の右と左の腕を二人の友人たちの両側にまわし、自分はその真ん中にいる、

無口な色黒の頬をした木材伐出人と一緒に家に帰って来る、(その日の暮れがた、わ
たしの背後に彼は馬に乗っているのだ、)
定住地遠く獣の足跡や鹿皮靴の痕跡を調べ、
病院の小寝台により添って熱病患者にレモネードを手をのばして渡し、
万籟《ばんらい》寂たる時、棺のなかの死屍に近づいて蠟燭《ろうそく》の光でしらべる、
小交易や冒険のためあらゆる港に航行し、
どんな人とも同じように熱心であり移り気な当世風の群衆と一緒に急ぎ、
自分の憎悪している者に対して憤怒を燃やし、気狂いのようになっていまにも彼を刺
そうとし、
わが家の後庭にひとり残され、わたしは長い間ぼんやりとし、
わたしのそばに美しく物優しい〝神〟と一緒にユダヤの古代の丘陵を歩き、
空間を越えて急ぎ、天と星々を越えて急ぎ、
七つの衛星と、広大な環と、八万マイルの直径線との真ったただ中を急ぎ、
休止音符のような火の玉を投げる尾のある流星と一緒に急ぎ、

その胎内にそれ自身の満月の母を運ぶところの新月の小児を運び、
激怒し、享楽し、企画し、愛し、警戒し、
巧妙に帆を操り、顕《あら》われまた姿をかくし、
日となく夜となくわたしはこのような路を踏みしめて行く。

わたしはもろもろの天体の果樹園を訪れてその生産物を見、
熟した無数の星々を見、また未熟の無数の星々を見る。

わたしは流動しまた噦下《えんか》する霊魂のそれぞれが飛翔《ひしょう》するように飛び、
わたしの水路は測鉛の達錘底の下をたどっている。

わたしは物質的なものも、非物質的なものもわたしの勝手にする、
どんな看守もわたしを通過させぬことはできないし、どんな法律もわたしを防止し得ない。

わたしはほんの寸時がほどをわたしの船を投錨《とうびょう》さすだけだ、
わたしの使者は不断に航走し去り、あるいは彼らの返事をわたしに持ちかえるのだ。
極地の毛沢山の獣や海豹《あざらし》を狩猟しに、先のとがった槍竿《やりざお》をもって裂け目を跳び越え、
　破砕しやすくそして、また浅黄色の氷塊にしがみつく。

わたしは前檣頭《しょうとう》に登る、
わたしは夜ふけて捕鯨船の檣頭の見張り台にがんばる、
わたしたちは北氷洋を帆走する、まだ光がふんだんである、
澄んだ大気を貫いて素晴らしく美しいもののうえを帆をいっぱいにあげて駛走《しそう》し回る、
巨大な氷塊がわたしを通り過ぎ、またわたしはそれらを通り過ぎる、眺望はどっちへ
　向かっても千里豁然《かつぜん》だ、
白い頂の山々が遠方に見える、わたしはそれらの方向へとわたしの幻想をほうり投げる、

わたしたちがやがて飛び込まねばならないであろうある大戦場へと近づきつつある、
わたしたちは陣地の巨大な前哨《ぜんしょう》を通り過ぎる、わたしたちは静かな足どりと注意深さをもって通り過ぎる、
あるいはわたしたちはある広大な荒廃した都市へ郊外からはいってゆく、
町並みや崩れ壊れた建造物は地上に厳存する都市のあらゆるものよりも多い。

わたしは自由な伴侶だ、わたしは侵入軍の篝火《かがりび》のそばで露営する、
わたしは花聟を床から引っ張り出して、自分で花嫁と一緒にいる、
わたしは夜っぴて彼女をわたしの腿《もも》と唇とで身動きさせない。

わたしの声はその女房の声だ、階段の手すりでの金切り声だ、
人々は水のぼとぼとと滴れる溺死《できし》した宿六どののからだを運び上げる。

わたしは英雄たちの強い愛情がわかる、

現代とあらゆる時代の勇気が、
いかに小商船の船長が汽船のごったがえす舵《かじ》を失った難破を見たことか、〝死〟は嵐を上下してそれを駆り立てているのだ、
いかに彼が自若《じじゃく》としていたことか、そして一歩も退こうとはしないのだ、相つぐ夜も昼も彼は誠実そのものだった、
そして板のうえに大きな字で白墨で書いた、〝元気でいろ、われわれは君たちを見捨てはせぬぞ〟と、
いかに彼が三日も彼らにつききりで、針路を一緒にしてあきらめることをしなかったことか、
いかに彼が結局漂流する仲間を救助したことか、
いかに痩《や》せ細ったしどけなく着物を着た女たちがその人たちの用意された墓場の舷側からボートに乗りうつったときに見えたことか、
いかに押し黙った老人のような顔をした小児たちや、抱き上げられた病人や、とがった唇をした髭をそらない人たちが、

これをみんなわたしは嚥《の》みこむ、それはいい味だ、わたしはそれをひどく好きだ、それはわたしのものになる、
わたしはその男なのだ、わたしは苦しんだのだ、わたしはそこにいた。

殉教者たちの軽蔑と平静と、
魔法使いとして宣告され焚殺《ふんさつ》される年老いた母、彼女の子供たちはじっと凝視している、
疾走するのでぐったりとした猟犬に追われた奴隷は柵によりかかって、喘《あえ》ぎ、汗をいっぱいかいている、
彼の脚や頸を針のように刺す痛み、残虐な鹿狩用の大弾丸や小銃弾、
すべてこれらをわたしは感じ、あるいはその当人なのだ。

わたしは猟犬に追われた奴隷だ、わたしは犬どもに噛みつかれるかと思って縮みあがる、
地獄と絶望がわたしに迫る、ズドンズドンと射手はつづけうちする、
わたしは柵の横木にしがみつく、わたしの血糊《ちのり》はたらたら滴り、わたしの皮膚の滲出

物で薄められる、
わたしは雑草や小石のうえに昏倒する、
騎者たちは彼らのいうことをきかない馬どもを拍車で蹴り、身近に迫って、
わたしのぼうとなった耳を罵り、叱責し、鞭《むち》の根もとではげしくわたしの頭をなぐりつける。

苦悶はわたしの着替える着物の一つだ、
わたしは傷ついた者にその痛みをたずねることはしない、わたし自身が傷ついた人間になるのだ、
わたしは杖によりかかって見ているときに、わたしの負傷は打撲で色が変わる。

わたしは胸骨を折られて押しつぶされた消防夫だ、
転倒した壁はその崩壊物のなかにわたしを埋めた、
熱気や煙をわたしは吸った、わたしはわたしの仲間たちの力づける叫びを聞いた、

彼らの鶴嘴《つるはし》やショベルの遠くでカチカチさせる音をわたしは聞いた、
彼らは梁《はり》を取りのけた、彼らはやさしくわたしをかつぎ出してくれた。

わたしは赤いシャツを着て夜の大気のなかに横たわっている、あたり一面にゆきわたる静けさはわたしのためなのだ、
別に苦痛もなくわたしはぐったりとなって横たわってはいるが、そう悲惨でもない、
わたしを取りかこんで顔々は白く美しい、頭は防火頭巾《ずきん》を脱いでいる、
膝を折っている群衆は篝火《かがりび》の光と一緒に薄れる。

遠くのもの、また死んだものが生きかえる、
彼らは日時計のように時を示し、あるいはわたしの手のように動く、わたしは自身が時計なのだ。

わたしは一人の老砲手だ、わたしの堡塁《ほうるい》の砲撃について物語る、

わたしは再びそこにいる。
も一度鼓手たちの長くつづく太鼓の連打、
も一度攻撃する加農砲《カノン》、臼砲《きゅうほう》、
も一度わたしのそばだてた耳へ応答する加農砲。

わたしは部署につく、わたしは全体を見、そして聞く、
絶叫を、呪詛《じゅそ》を、咆哮《ほうこう》を、命中した弾丸への喝采《かっさい》を、
野戦救急車が赤い滴りをあとに残しながら徐行して通過するのを、
整備部隊が破損箇所を捜しまわって応急修理をするのを、
裂け破れた屋根を貫いての擲弾《てきだん》の落下を、扇形になった爆破を、
空高く四肢や頭や石や木や鉄のヒューヒュー音を立てて吹っ飛ぶのを。

も一度わが瀕死《ひんし》の将軍の口のゴクゴクという音を、彼は猛然と手で合図する、

彼は血みどろのなかから喘《あえ》ぎ喘ぎいう、〝俺にかまうな――死守しろ――堡塁《ほうるい》だけを、〟と。

三四

さてわたしは自分の若い頃テキサス州でわたしが知ったところのことを語ろう、
(わたしはアラモーの陥落を語りはしない、
アラモーの陥落を語ろうにも誰一人として脱出したものは無かったのだ、
百五十人が今なおアラモーにあって唖《おし》になっているのである、)
これは四百二十人の若者たちの無残な犠牲としての殺戮《さつりく》物語である。

退却しながら彼らは彼らの行李《こうり》で中くぼみの方陣で防墻をつくったのだった、
彼らの数の九倍である攻囲軍のうちから九百の人命を先払いの代価として彼らは受け取った、

彼らの連隊長は傷つき、そして彼らの弾丸は尽きた、彼らは名誉ある降伏として協定し、文書と蠟印を受領し、彼らの武装を自ら解除し、俘虜《ふりょ》となって後方へ行進したのだった。

彼らは、巡視騎歩兵仲間の矜持《きょうじ》だった、馬匹なら、鉄砲なら、唄なら、飲み食いなら、情事《いろごと》なら誰にだって負《ひけ》はとらない、しまりがなくって、騒ぎ立てることが好きで、太っ腹で、小意気で、ツンとして、それでいて人好きがする、
顎《あご》ひげを生やし、陽にやけて、狩猟者の寛闊な服装を身につけ、三十歳を越したものはただの一人もいない。

二週目の〝第一の日〟の朝、彼らは小人数ずつ引き出されて虐殺された、それは美しい初夏のことだった、
この処刑の仕事は五時頃に始められて八時には全く終わった。

膝を折れという命令には誰も従わなかった、
あるものは気狂いのような、そしてどうにもならない突進を試みた、あるものは頑固
　に直立していた、
数人のものは顳顬《こめかみ》や心臓を射貫かれて即座にぶっ倒れた、生きているものと死んだも
　のとが一緒になって横たわった、
不具にされ、滅多切りにされたものは泥に突っ込んだ、新しく到着したものは彼らを
　そこに見た、
幾人かの半死半生のものが匍匐《ほふく》して逃げようと試みた、
これらのものは銃剣で手早く殺されるか銃床で叩きのめされた、
十七歳にもならない一人の若人は彼の刺客につかみかかっていた、結局、ほかの二人
　の者が助けに駆けつけた、
この三人、そろいもそろってひどくやっつけられて少年の血潮を全身に浴びた。

十一時には死体の火葬が始まった、
これがすなわち四百二十人の若者の殺戮の物語である。

三五

君は古風な海戦の話を聞こうっていうのか？
君は誰が月や星の光で戦いに勝ったかを知ろうというのか？
船乗りだったわたしの祖母の父親がわたしにそれを話してくれたようにこの物語を傾聴したまえ。

われわれの敵は船のことにかけては天下御免の奴だった、ハッキリいっとくがね、（と彼はいった、）
彼は意地の悪いイギリス根性の持主で、あとにも先にもこれ以上粘り強く型通りの奴はありもしまいし、また無かっただろう、夕方の幕が下りるにつれて彼は小っぴどくわれわれを掃射しながらやって来た。
われわれは彼奴に接近した、帆桁《ほげた》はからみ合った、砲門は接触した、
こっちの艦長は自分自身手をかけて矢継ぎ早にうちまくった。

われわれの艦は吃水線の下に十八ポンド砲弾を幾発か喰らった、
われわれの下部砲甲板にある二門の大きなやつは第一弾で吹っ飛ばされ、近所まわりにいたものは殺され、天井は高く吹き上げられた。

落日に闘い、暗くなって闘った、
夜、十時、満月がのぼりきった、浸水は増す一方、水が五フィートにもなったと伝えられた、
先任衛兵伍長は船尾艙《そう》に閉じこめられていた俘虜《ふりょ》たちを解き放して逃げられるようにしてやった。

火薬庫往復の通路はすでに哨兵《しょうへい》たちによって阻止された、
彼らはそんなにもたくさんの見知らない顔を見て、誰を信頼していいのか知るところがなかったのだ。

われわれの快速艦は火災を起こした、
敵は降参して命乞いをしろと云ったのか？　と、きくものがある、
戦闘は負けに決まったのか、戦闘は終わったのか？　と、たずねるものもある。

今わたしは満足して笑う、なぜならわたしの年若い艦長の声を聞く、
〝われわれは負けてはいないぞ〟彼は自若《じじゃく》として叫ぶ、〝われわれは戦闘の部署にやっと就いたばかりなのだ。〟

たった三門の砲しか役に立たない、

一門は艦長自身によって敵の主檣《メインマスト》に向けられた、
葡萄《ぶどう》弾と散弾とでよく供給された二門は敵の小銃類を沈黙せしめ、敵の甲板を掃蕩《そうとう》する。

この艦の小砲塔の砲火を援助するのは檣楼だけ、ことに主檣楼だ、
彼らは戦闘の始めから終わりまで勇敢に持ち耐えた。

一瞬間の休止も無かった、
浸水が度を増してポンプを追い越す、火は弾薬庫の方へとなめてゆく。

ポンプのうちの一つは砲弾で撃ち貫かれた、みんながもう沈没するのだと観念した。

若い艦長は落ち着き払って立ちつくしている、
彼はあわてない、彼の声は高くも低くもない、
彼の両眼はわれわれの戦闘用燈火よりも強い光をわれわれに与える。

十二時に近く、見よ、月光の下、彼らはわれわれに降伏する。

三六

深夜はのびひろがって静かに横たわる、
暗闇の胸のうえに二つの大きな船体が動かない、
われわれの乗艦は弾丸で孔をあけられて徐々に沈んでゆく、われわれが征服した方の
　艦へ移る用意がされる、
後部甲板にあって艦長はまるで敷布のような真っ白な顔色で冷然と彼の命令を与えて
　いる、
士官室で働いていた少年の死屍があるそば近くには、
長い白髪とよく手を入れて縮らされた頬ひげをした老水夫の死んだ顔がある、
あらゆる手はつくされたのだったが、火焰は上方に、また下方に明滅する、

まだ任務の遂行に耐える二人三人の士官たちのしわがれた声々、
肉体のかたちを失った積み重なりや算を乱した肉体、檣《ほばしら》や帆桁《ほげた》にへばりついた肉片、
索具の切れっぱし、だらりと下がった装着船具、波浪のご機嫌をとる大きくない揺れ、
黒々とした無表情の備砲、火薬包の散乱、強烈なにおい、
頭上ではいくつかの大きな星が無言で悲しそうに輝いている、
海軟風の甘味な香り、陸岸近い葦原《あしはら》や牧草地の匂い、生存者に託された遺言、
外科医のナイフのシュッシュッという音、手術用鋸《のこぎり》のかじるような歯、
ゼイゼイいう呼吸、クックッと立てる声、滴る血液の奔激、短い狂乱の絶叫、そして
　長い、鈍い、次第に細くなる呻吟《しんぎん》、
ありようはこの通りで、取りかえしのつかないことだった。

三七

そこで見張りしている君たちのろまどもよ！　君たちの武器に気をつけろ！

打ち破られた出入り口に彼らはなだれ込んだぞ！　わたしは捕まった！
法律に触れたもの、あるいは苦悩するもののあらゆる風貌を体現する、
他の人間と同じような姿になって、牢獄のなかに自分自身を見る、
そして退屈な、絶え間のない痛苦を感ずるのだ。

わたしのために重罪囚看守たちは騎銃を肩にして見張りをする、
朝は外に出され、そして夜には鉄窓のなかに閉じ込められるのはこのわたしだ。

手錠をはめられて牢獄へと歩いてゆくのは反逆者だけではなくて、わたしもまた彼と
同じく手錠をはめられて彼と並んで歩くのだ、
（わたしはそこにあってより少なく陽気な者であり、わたしのひきつった唇に心配を
もったより多く沈黙せるものである。）

若いものが窃盗犯として捕縛《ほばく》されれば、わたしもまたきっと同様に駆けつける、そし

て裁判されて宣告を受ける。

最後の喘《あえ》ぎをして横たわっているコレラ患者ばかりではなく、わたしもまた最後の喘ぎをして横たわる、
わたしの顔は灰色だ、わたしの筋肉はねじれる、人々はわたしから離れて行ってしまう。

乞食たちはわたしのうちに彼ら自身たちを体現する、そしてわたしは彼らにおいて体現されるのだ、
わたしはわたしの帽子をさし出し、恥ずかしい顔をしてすわり、そして物乞いをする。

三八

もうたくさん！　もうたくさん！　もうたくさん！
どうやらわたしは気が遠くなった。あとへさがれ！

わたしの拳骨《げんこつ》でたたかれた頭以外に微睡と、夢と、あくびの少しばかりの時間をわたしに与えてくれ、
わたしは例の通りの失策のまぎわで自分自身を発見する。

こうしてわたしは嘲笑するものたちや侮蔑するものたちを忘れたいのだ！
こうしてわたしは雫《しずく》をなして流れる涙を忘れ、また棍棒《こんぼう》や槌《つち》の打撃を忘れたいのだ！
こうしてわたしは全く別個の一瞥《いちべつ》で、わたし自身の十字架上の磔刑《はりつけ》や血だらけの戴冠式を見物したいのだ！

わたしはいま思い出す、
わたしは長座しすぎた聖餐《せいさん》のパンをさき分けることを再び続ける、
岩の墓はそのなかに、あるいはどんな墓のなかに閉じ込めたところのものをもふやす、
死体は立ち上がり、深い傷は癒《い》え、しっかりと締めつけているものはわたしからころがり落ちる。

わたしは最後にして最大の力、均等な終わることのない前進する隊列の一人で新たに
　補給されて進撃する、
奥地や海岸をわたしたちは行く、そしてあらゆる境界線を通過する、
全世界を越えてそれらの途上にあるわたしたちのぐずぐずしていない聖式、
わたしたちの帽子につけた花々は千万年の歳月の生産物だ。

弟子たちよ、わたしは諸君に敬礼する！　前方に進み出たまえ！
諸君の注釈を続けることだ、諸君の質問を続けることだ。

三九

友好的でわだかまりのない蛮人、彼は何物だ？
彼は文明を持っているのか、それともまたそれを通過してそれを支配しているのか？

彼は屋外で育ったある南西地方人か？　彼はカナダ人か？
彼はミシシッピー川流域の田舎からのものか？　アイオワ、オレゴン、カリフォルニアからか？
山岳からか？　無樹の大草原生活、森林地生活からか？　それともまた海からの船員か？

彼がどこへ行こうと、男たちや女たちは彼を受け入れ、彼を求める、
人々は彼が彼らを好きになり、彼らに接触し、彼らに向かって話しかけ、一緒にいてくれるようにと願う。

雪片のように拘束されることのない挙措、草のように単純な言葉、くしを入れたことのない頭、哄笑《こうしょう》、そして素朴さ、
ゆっくりと歩みを運ぶ足、さりげない顔つき、さりげない作法と体臭、

それらは新しい形で彼の指の末端から伝わり、
それらは彼のからだや呼吸のにおいと一緒に浮動し、それらは彼の目の一瞥《いちべつ》から飛び出す。

四〇

得意顔の日光よ、わたしは君に日向ぼっこする必要はない――上の方で横になっていたまえ！

君は表面だけを照らすが、わたしは表面とそして深部をもまた強《し》いるのだ。

大地よ！　君はわたしの手近で何ものかを捜しているように見える、
言ってみたまえ、石頭《いしあたま》よ、何を君は欲しいのか？

男よ、女よ、わたしはどんなに君を好いているかを告げてもいいのだ、だができない、また、それがわたしにあってどんなものであるかを、そして君にあってそれがどんなものであるかを告げてもいいのだ、だができない、
また、わたしが持つその恋々の情を、わたしの昼夜を問わぬその脈搏《みゃくう》ちを告げてもいいのだ。

見たまえ、わたしは説教をすることもしなければ、わずかな慈善を施すこともしない、
わたしを与える時は、わたしはわたし自身を与えるのだ。

君はそこにいて無力に膝をくずし、
わたしが君のうちに気力を吹き込むまで君のスカーフを巻いた顎《あご》をあけ、
君の掌をひろげ、君のポケットの垂れを上げている、
わたしは拒否されてはならない、わたしは強《し》いる、わたしはたくさんに貯蔵していて
　割愛する、
そしてわたしが持っているどんなものをもわたしは与える。

わたしは君が誰であるかを問わない、それはわたしにとって重要なことではない、
君は何ごともなし得ないし、また何ものでもあり得ない、だが、わたしが君を抱きつつむところのものではあるのだ。

わたしは棉畑《わた》にあくせく働く者にも、あるいは便所掃除人にももたれかかる、
彼の右の頰のうえに内輪の者にする接吻をする、
そしてわたしの心のうちにわたしは誓うのだ、わたしは決して彼を拒否しまいと。

懐胎に適する女たちにわたしはより大きな、そしてより慧敏《けいびん》な赤子たちを出発させる、
(この日、わたしはひときわすぐれて尊大な共和国の原料をほとばしり出しつつあるのだ。)

臨終の人があれば誰でもかまわない、そこへわたしは急いで駆けつけ、扉の把手《とって》をね

じる、
夜具を寝台の脚の方へと引きまくり、
医者と僧侶を帰宅させてしまう。

わたしはその傾き降る者を引っとらえて抵抗することのできない意力で彼を起き上が
らせる、
おお、絶望する者よ、さあ、わたしの頸だ、
きっとだぞ、君は降参してはならない！　君の全身の重みをわたしにかけろ。

わたしは恐ろしい呼吸で君を膨張さす、わたしは君を宙づりにする、
家中のどの部屋もわたしは武装した軍隊でいっぱいにする、
わたしを愛するものたち、墓場を失敗に帰させるものたちで。

眠りたまえ——わたしと彼らは夜っぴて警戒をつづける、

疑惑も、病気も君に指一本さされることではない、
わたしは君を抱擁《ほうよう》したのだ、そしてこれからあとは君をわたし自身で所有するのだ、
そして朝になって君が起き上がるとき、君はわたしの君に告げたところのことがその
　通りなのを見いだすだろう。

四一

仰向けになって喘《あえ》いでいる病者たちに助けをもたらすものはこのわたしだ、
そして丈夫な、直立している人々にはさらに一層必要な助けをわたしはもたらすのだ。

わたしは宇宙について語られたところのものを聞いた、
幾千年もそのことについて繰りかえし聞いたことだった、
所詮それは相当に満足すべきものだ、だがそれだけで全部だろうか?

大いに称賛しながらそして応用しながらわたしは来る、
しょっぱなから古狸《ふるだぬき》の行商人よりはより高値をつける、
エホバの寸法にわが身を合わせ、
クロノスや、彼の息子のゼウスや、彼の孫のヘラクレスを石版刷りにし、
オシリスや、イシスや、ベーラスや、梵天《ぼんてん》や、仏陀《ぶっだ》の下絵を買い、
わたしの折り鞄のなかには無軌道なマニトウを、紙片のうえのアラーを、彫刻された十字架上のキリスト像を、
それらと一緒にオディンや、恐ろしい顔のメキシトリや、あらゆる偶像や、形像を並べて置き、
すべてこれらのものをびた一文の掛け値もせずそれらの価値だけに受け入れ、
彼らが生存していたことと、彼らが現実にした仕事を認容し、
(彼らはまだ鳥毛の生えない鳥たちについていえば、その極小のものを産んだのであったが、そのものたちは今こそ自身で舞い上がり、飛翔《ひしょう》し、歌わねばならないのだ、)

わたし自身によりよいものを満たす大ざっぱな神の下絵を受容し、それらをわたしが
　見るどんな男にも女にも自由に賦与し、
家を組み立てている木造大工のうちに同様なもの、あるいはそれ以上のものを見いだし、
そこにあって袖をたくし上げて木槌や鑿《のみ》を使っている彼のためにより高い要求を表現
　してやり、
特別な啓示を拒否しないで、どんな啓示とも同様に奇異なものとして煙の渦まきなび
　くのを、あるいはまたわたしの手の甲の一本の生毛を細心に注意する、
消防ポンプと縄梯子《なわばしご》を固守する若者たちが古代の戦役の神々に劣ったものとはわたし
　には思えない、
壊滅のごったがえしを貫いて響く彼らの声々に留意する、
彼らのたくましい四肢は焦げた木摺《きずり》を安全に越え、彼らの白い額は火焔をくぐりぬけ
　て何の怪我もない、
乳房を吸っている嬰児《みどりご》と一緒にいる機械工の妻によって、生まれたものは一人残らず
　とりなしをされる、

腰のあたりでだぶついたシャツを着た三人の強壮な天使たちが一列になって収穫時に
三挺《ちょう》の大鎌をビュービュー音させている、
赤毛で、出っ歯の馬丁は過去や未来の罪過の贖罪《しょくざい》をしている、
所有物を全部売り払って、彼の弟のために弁護士を依頼しに徒歩旅《かち》をして来て、彼が
偽造の罪で裁判される間、付き添ってやる、
ふんだんに取り散らされたところのもの、わたしのぐるりに四角な棒が取り散らされ
ているが、そしてそれだけでは四角な棒を埋め込んだのではないのだ、
牡牛《おうし》と虫けらはかつて半分も充分に崇拝されはしなかった、
糞尿《ふんにょう》と塵埃《じんあい》は夢想された以上に賞賛さるべきなのだ、
超自然のものなどてんで無価値である、わたし自身が至高なものの一人となる自分の
時を待っているのだ、
最上者に劣らぬ善きことをわたしがなし、同様に奇異をわたしが行なわねばならぬ時、
その日は用意されている、
わたしの生命のかたまりによって！　すでに一人の創造者となりつつある、

ここに、いま、幻影の待ち伏せした子宮へとわたし自身を押し出す。

四二

群衆の真っただ中の一つの呼び声、
朗々とひろがってゆく断乎としたわたし自身の声。

来い、わたしの子供たち、
来い、わたしの男の子たちや女の子たち、わたしの女たち、家族と親友たち、
今こそ、演奏者は精いっぱいだ、彼は裏《うち》なる笛での彼の序曲を終わったのだ。

すらすらと書き上げられ、拘束されない指で弾奏された和弦——わたしは君のクライマックスと終止がかき鳴らされるのを感知する。

わたしの頭はわたしの頸のうえで回る、
音楽は奏される、だが、風琴《オルガン》からではない、
人々はわたしの周囲にいる、だが、彼らは決してわたしの家族ではないのだ。

常に堅硬で陥没しなかった大地、
常に食う者たちと飲む者たち、常に上昇しまた下降する太陽、常に大気と、やむときのない潮の干満、
常に活気に満ち、邪悪で、現金なわたし自身とわたしの隣人たち、
常に陳腐《ちんぷ》な説明しがたい質問、常にあの棘《とげ》の多い親指、あの焦慮するものたちと渇望する者たちの吐息、
常に人を悩ます者のフー！　フー！　という不満足を表わす罵声、それはわたしたちが、狡猾《こうかつ》な人間が身をかくしている場所を捜し出し、そこから彼を引っ張り出すまでつづくのだ、
常に愛、常に生命の嗚咽《おえつ》する液体、

常に顎《あご》の下の包帯、常に死の柩台《ひつぎだい》。

安物あさりに血眼になってうろつき歩き、
胃袋や頭脳の貪欲《どんよく》を満足させるために気ままに匙《さじ》ですくい上げ、
切符を買い、受け取り、売る、が、ただの一度だって宴会の席につらなりはしない、
多くの者たちは汗水を流し、耕作し、連枷《からさお》打ちをするが、しかもなお支払いとして受
　け取るものは籾《もみ》がらなのだ、
きわめて少数者が無為に所有し、人々は不断に小麦を要求する。

これは都市というものだ、そしてわたしはその市民の一人である、
他のものに利害関係のあるどんなことでもわたしに利害関係があるのだ、政治も、戦
　争も、市場も、新聞紙も、学校も、
市長と行政会議も、銀行も、物価税も、汽船も、工場も、株券も、店舗も、不動産と
　動産も。

おびただしい数のチョビ助どもがカラーをつけ、燕尾服を一着に及んではね回っている、
わたしは彼らが何者であるかをよく承知している、(彼らは断じて蛆《うじ》でも蚤《のみ》でもない
のだ、)
わたしはわたし自身の複製を承認する、最も力弱いそして浅はかなものはわたしと一緒に消滅することはない、
わたしがなし、語るところのもの、それと同じものが彼らを待ちうけている、
わたしのうちにもがき苦しんでいるどんな想念とも同じものが、彼らのうちにもがき苦しんでいるのだ。

わたしはあますところなく充分に、わたし自身の自分勝手なのを知っている、
わたしの雑食の詩句を知っていて他のどんなものをも書こうとはせぬ、
そして君が誰であろうとおかまいなしに君を引っつかまえてわたし自身と一緒に意気軒昂《けんこう》たらしめるのだ。

わたしのものであるこの歌はおきまり文句ではない、
それどころか、いきなり問題を出し、はるか向こうに飛躍し、しかもより近く持ち来たすものなのだ、
この印刷され、製本された書物——だが印刷屋と印刷所の小僧とは？

上手にとられた写真——だが、ぴたりと密接した、そして君の腕のなかに見せかけでない君の細君なり友人なりは？

鉄で装甲された黒船、彼女の砲塔にある彼女の威力ある砲門——だが、艦長と機関部員との驍勇《ぎょうゆう》は？

家の中の皿と食物と家具——だが、主人と主婦、そしてその人たちの目の見張るものは？

彼方には高い大空——しかもここの隣家なり道路の向かい側の家は？

歴史上の聖人たちと賢者たち——だが、君、君自身は？

説教、信仰科条、神学——だが測ることのできぬ深さの人間の頭脳は？

そして理性とは何であるか？　さらに愛とは何であるか？　さらにさらに生とは何であるか？

四三

古今、東西の僧侶諸君をわたしは軽蔑することをしない、わたしの信仰は信仰のうちの最も偉大なものであり、かつ信仰のうちの最も劣小なものだ、
古代と現代のそしてあらゆる古代と現代のことに介在する礼拝を包含し、
五千年の後に地上にわたしが再来することを信じ、
神託の応答を待ち、神々をあがめ、太陽を迎え、
最初の岩石なり木の切株なりを物神となし、魔術の仲間にまじって杖で加持祈禱をなし、
ラマ僧なりバラモン僧なりが偶像の燈火の芯《しん》を切るとき彼の手助けをし、
森林中にあっては一心不乱で峻厳な古代インドの裸道士がなおかつ陽物崇拝の行列に

まじって街衢《ちまた》を練って舞踏し、
シャストラ経典や、ベーダ聖典を鑽仰《さんぎょう》して髑髏《どくろ》の杯から蜂蜜酒を飲み、コーランに注意を払い、
石やナイフからの凝血で汚点づけられた蕃神殿を歩き、蛇の皮を張った太鼓をたたき、
福音書《ふくいん》を受容し、十字架で刑死されたところの彼を受容し、彼が神であることを疑うことなく認め、
ミサにひざまずき、あるいは清教徒の祈禱に立ち、あるいは教会の信徒席に辛抱づよくすわり、
わたしの狂的な危険状態で豪語し、空言し、あるいはまたわたしの精霊がわたしを揺り起こすまで死んだもののようになって待ち、
舗道や大地のうえや、あるいはまた舗道や大地の外側を見渡し、
数々の巡回路線の巡回をぐるぐる回りしてゆくものに属する。

かの求心的なそして遠心的な一団のものの一人であるわたしは向きを変えて旅立ちす

るに先立って仕事を言いつけてゆく人のように語る。

海を知っている。
わたしは君たちを一人残らず知っている、わたしは呵責《かしゃく》と、疑惑と、絶望と、不信の
不真面目で、渋面《じゅうめん》つくった、元気のない、短気な、見栄坊な、落胆した、不信心な人々、
愚鈍な、排斥された、悄然《しょうぜん》たる懐疑者たち、

とか！
どんなにそれらが痙攣《けいれん》と血潮の噴出をともなって電光のように素早くねじれ曲がるこ
どんなに鯨の尾の裂片が飛沫《ひまつ》をあげることか！

ぎたてたもうな、
疑惑者たちや、渋面つくった元気のない者たちの血だらけの鯨の尾の裂片たちよ、騒
わたしはわたしの場所を誰の間においてであるのとも同様に君たちの間に占める、

過去は寸分違わず同じように君たちの、わたしの、すべてのものの推進だ、
そしてなおまだ試みられないもの、またあとからのものは寸分違わず同じように君たちの、わたしの、すべてのもののためのものだ。

まだ試みられないもの、あとからのものがどんなものかをわたしは知らない、
だが、わたしはそれは順番が来て充分に証拠立てるだろうし、そして期待にそむくことができないことを知っている。

過ぎてゆくものは誰も彼も考慮され、止まるものは誰も彼も考慮されて、ただの一人としてそれは見捨てることができない。

それは死んで埋葬された青年を見捨てることができない、
もちろん、死んで彼のそばに寝かされた若い婦人も、
もちろん、戸口からちょっとのぞき込んだばかりで引きさがってしまって、二度と姿

を見せなかった幼児も、
もちろん、無為に生きて人生を胆汁よりも苦いと感ずる老人も、
もちろん、ラム酒と不身持ちから結核をわずらって救貧院にいる男も、
もちろん、無数の虐殺されたもの、生活破綻者《はたん》も、人間の屑《くず》と呼ばれた獣のようなクーブー族も、
もちろん、食物をすべり込ませるためのあけひろげた口をして漂っているばかりの囊《のう》態《たい》生物も、
もちろん、地中の、あるいはまた大地の最古の墓穴の中の下方のどんなものも、
もちろん、幾万の天体のなかのどんなものも、もちろんそれらに生息するところの無際限の数のものも、
もちろん現存のものも、もちろん知られる限りの最も微小な無用物も。

四四

今こそ、わたし自身を説明すべき時だ――さあ、みんなでそろって立ち上がろう。

すでに知られたところのものをわたしはかなぐり捨てる、
わたしはあらゆる男女をわたしと一緒に未知の国へと乗り出させる。

時計は刹那《せつな》をさし示す――だが、永遠がさし示すものは何か？

わたしたちはこのようにしてはるかに数限りもない冬と夏とを使い尽くした、
ここには先立つ数限りなさがあり、またそれらに先立つ数限りなさが。

生誕はわたしたちに饒富《じょうふ》と多様性とをもたらした、

そして他の生誕はわたしたちの饒富と多様性とをもたらすだろう。
わたしは一つをより偉大であり、一つをより劣小であると呼びはせぬ、
それの時期と場所を占めるところのものはどんなものとも等しいのである。

わたしの兄弟、わたしの姉妹よ、人類は君たちに対して残虐であり、嫉妬深かったか？
そうだとしたら全くお気の毒だ、彼らはわたしに対しては残虐でも嫉妬深くもないのだ、
みんなわたしにとって優しかった、わたしは悲嘆と取引を続けはせぬ、
（わたしが悲嘆などに何の用があるだろうか？）

わたしは完成された事物の極致だ、そしてわたしはこれから完成される事物を包囲する者だ。

わたしの足は階段の頂点のてっぺんに達する、

一段ごとに歳月の連続が、また段と段との間にはより大きな連続が、
下方のすべてを几帳面《きちょうめん》に長い旅をして来た、そしてなおわたしは登りに登る。

登るにしたがってわたしの背後に亡霊たちは頭を下げる、
はるか下方にわたしは巨大な最初の〝無〟を見る、わたしはそこにさえあったことを
　知っている、
わたしは見られることなく常に待った、そして昏睡《こんすい》の霧のなかを眠り通した、
そしてわたしの時を持ったのだった、そして悪臭を発する炭素の害は受けなかったの
　だった。

長い間わたしはぴったりと抱きしめられていた——長い、長い間。

わたしのための準備はとてつもないものだった、
わたしを助けてくれた腕は誠実で親切だった。

長い年月はわたしの揺籃《ゆりかご》を船で渡してくれた快活な船頭のように漕《こ》ぎに漕いで、
わたしへの席の用意をして星たちも彼ら自身たちの軌道をはずれてくれた、
わたしを保持したところのものを保護するために彼らは誘導作用を送ってくれた。

わたしが母の胎内を出るに先立って長い世代がわたしを導いた、
わたしの胚種《はいしゅ》は決して蟄伏《ちっぷく》してはいなかった、何ものもそれを圧殺することはできなかった。

そのために星雲は一つの天体に凝聚《ぎょうしゅう》した、
永続する遅鈍な地層は、それをそのうえにのせるために積み重なった、
おびただしい植物たちはそれに栄養を与えた、
巨大な蜥蜴《とかげ》類似動物たちはそれを彼らの口中にして運び、大事にかけてのこした。

あらゆる力がわたしを完成し悦ばすために絶え間なく用いられて来た、
今こそ、わたしはこの地点に自分の強健な霊魂を道づれにして立っている。

四五

おお、青春の短い架けわたしよ！　常に突進した弾力性よ！
おお、平衡がとれて、血色のいい、そして充実した成年者。

わたしの愛人たちはわたしを窒息さす、
わたしの唇に押し寄せ、わたしの皮膚の気孔に群がり、
往来や公会堂でわたしを押しのけ、夜には裸体になってわたしのところにやって来る、
川の岩から昼間〝おうい！〟と叫び、わたしの頭のうえを回転したりさえずったりし、
花壇や蔓《つる》草原や、からみ合った藪《やぶ》からわたしの名を呼び、
わたしの生涯のあらゆる刹那に火を点じ、

柔軟な香油のような烈しい接吻でわたしの身体を激しく接吻し、
彼らの心臓から取り出した手にいっぱいにした少量のものを音も立てずに渡し、それらをわたしのものとして与える。

老年期は実に見事に立ち上がる！　おお、よろこび迎えるべきもの、余命ある間の日々の言語に絶した恩寵《おんちょう》！
あらゆる境遇はただそれ自身を表明するばかりではなく、それは後に生い育ち、またそれから出て来るところのものを表明する、
そして心の暗い無言のものもどんなものとも同じように表明する。

夜、わたしはわたしの天窓をあける、そして遠くまき散らされた星群を見る、
そしてわたしの見るすべては、わたしが計算できるだけした高さを乗じた一層遠い星群の外縁の端に過ぎないのだ。

より広く、さらにより広くそれらは延びひろがって拡大に拡大をつづける、
外の方へ、また外の方へ、さらに永久に外の方へ。

わたしの太陽は彼の太陽をもち、そして彼をめぐって従順に回転し、
彼は彼の仲間たち、より上の位置にある周行の一群と一緒になり、
そして、より大きなものは後につづき、最も大きなものを彼らの内部に斑点たらしめる。

ここには断絶がないし、また将来も断絶されることはあり得ない、
もしわたしと君と、そして諸天体、それらの下や表面にあるあらゆるものがこの瞬間
に色彩もない一個の浮遊物に還元したとしても、所詮それはどうにも仕方のないこ
とだ、
わたしたちはわたしたちが現在立っているところに再び確実に立たしめられることだ
ろう、
そして確かに行けるだけ遠くの方へ行くだろうし、それからさらに遠方へ遠方へと行

かねばならぬだろう。

千万をかぞえる歳月も、億兆平方リーグにも及ぶ大地の広さもその拡大を危険にさらしたり、あるいは我慢できぬようにはしない、

それらは部分部分に過ぎないのだ、いかなるものも一部分に過ぎないのだ。

どこまでも、できるだけ遠くを見たまえ、そこにはそれよりも外側に無限の空間が存在するのだ、

どれだけでも、できるだけ多くを勘定したまえ、そこにはそれをめぐって無限の時が存在するのだ。

わたしの会合場所は約束された、それは確実なことだ、

〝神〟はそこにいまし、そして完全な条件の下でわたしが来るまで待つことだろう、

偉大な〝仲間〟、わたしが恋々の情をよせるところの真の愛人はそこにいることだろう。

四六

わたしは自分が時間と空間の最善なものを持ち、そしてまだかつて測られたこともなかったし、これから後も測られることはないであろうことを知っている。

わたしは不断の旅を放浪する、(さあ、みんな聴耳《ききみみ》をそばだてろ！)
わたしの看板は防水した雨合羽だ、上等な靴だ、それに森から切って来た杖だ、
わたしの友達は誰一人としてわたしの椅子に安閑とすわってはいられない、
わたしは椅子を持たない、教会も無い、哲学も無い、
わたしは誰をも晩餐の食卓や、図書館や、取引所へ案内はしない、
だが、君たちのどの男をも、そしてどの女をもわたしは丘の上へと案内する、
わたしの左の手は腰のまわりを鉤《かぎ》でするように君をつかまえ、
わたしの右の手は諸大陸の風景と公道をさし示す。

君のためにあの道を旅することのできるものはわたしでもないし、他の誰でもないのだ、
君が君自身のためにそれを旅しなければならぬのである。

それは遠くではない、それは行きつくことのできる範囲内にある、
多分君は生まれたときからずっとそのうえにあったのだろうけれども、それを知らなかったのだ、
多分それは水の上と陸地のうえのどこにもあるのだ。

君よ、君のボロ服を引きかつぎたまえ、わたしも自分のを着よう、そして急いで出かけようではないか、
驚異に満ちた都市と自由な国民をわれわれは行く先々で仲間にひき入れよう。

もし君が疲れたら二人分の荷物をわたしによこすのだ、そして君の手のふくれ上がっ

たのをわたしの臀《しり》のうえで休ませろ、
そのうちには君がわたしに同様な世話をしてくれるだろう、
なぜなら、わたしたちが出発した以上二度と再び横にはなれないのだ。

この日、夜の明けるに先立ってわたしは丘の上にのぼって密雲漠々《ばくばく》たる天空を凝視した、
そしてわたしは、わたしの精霊に言った、〝わたしたちがこれらの諸天体と、それらにおける悦楽と知識の包含者となることができたときに、わたしたちは飽き足り、満足するだろうか？〟と、
そこでわたしの精霊は言った、〝否、わたしたちは通過するためにあの隆起を水平にするだけで、さらに向こうの方へと続けなければならぬ。〟

君も同様にわたしに質問をする、そしてわたしは君のいうことを聞く、
わたしはわたしが答えることができないということを答える、君は君自身で発見しなければならない。

君よ、まあすわれ、
ここに食うビスケットがあり、また飲む牛乳がある、
だが、君が眠り、快い着物を着て君自身を更新する途端わたしは別れの接吻で君を接吻し、そこから君の出てゆくための門をあける。

君は賤《いや》しむべき夢をもう飽きるほど長く夢みた、
今、わたしは君の目から目脂《めやに》を洗ってあげる、
君は光線の輝きに慣れなくてはだめだ、そして君の生涯の各瞬間にも。

長い間、君は岸辺で一枚の板を抱えてびくびくもので徒渉していた、
今、わたしは君を大胆な水泳者たらしめる、
はるか大海の真っただ中に飛び込んで、再び浮かび上がり、わたしに向かってうなずいてみせ、叫び、笑いながら君の髪の毛で突進する。

四七

わたしは競技者たちの指導者だ、
わたし自身のものよりも広い胸をひろげて、わたしのそばにいるものは、わたし自身のそれよりも胸の広いのを証明する、
指導者を追い越そうとそれを身につけたところの彼はわたしの流儀を最も尊重するものだ。

わたしの愛する少年、同じものが他から得て来た力を通じてではなく、彼自身生得の権利においてだけ大人になるのだ、
彼は順応や恐怖から由って来るところの有徳であるよりは、むしろ邪悪ですらあり、
彼の焼肉によい味をつける彼の情人を溺愛《できあい》し、
報いられなかった愛や軽視は鋭利な刃物が切るよりも一層ひどく彼を傷つけ、

乗馬でも、格闘でも、標的を射るのでも、小艇帆走でも、歌をうたうことでも、また
バンジョーを弾くのでも一流どころ、
石鹼泡で塗りたてたものよりも、傷痕《きずあと》があり、髭《ひげ》だらけの、菊石の穴のあいた顔をし
たもの、
太陽を正面に受けて黒々と日焼けした人々に軍配を上げる。

わたしはわたしからはぐれることを教える、しかも誰がわたしからはぐれることがで
きるか？
君が誰であろうが、たった今からわたしは君のあとにつづく、
わたしの言葉は君がそれらを了解するまで君の耳をむずがゆがらせる。

わたしはこんなことを銭金ずくでいうのでもなければ、渡船を待つ間の時間つぶしに
いうのでもない、
（わたし自身と同じようにしゃべっているのは他人ではない君なのだ、わたしは君の

舌の役目をしているのだ、
君の口中にしばられているものがわたし自身の口中でそれが解き放され始めるのだ。)
わたしは誓う、わたしは決して二度と再び家のなかでは愛や死を口にすることはせぬ、
さらにわたしは誓う、わたしは屋外にわたしと一緒に目立たず留まっているところの
彼なり彼女なりに向かって以外には断じてわたし自身を翻訳しようとはしないことを。

君にしてもしわたしのいうことを了解したいならば山なり海岸なりに行きたまえ、
手近の蚋《ぶよ》はその説明だ、また波浪の一滴なり動作なりはその鍵《かぎ》だ、
大きな木槌、車、鋸《のこぎり》はわたしの言葉に賛成する。

鎧扉《よろいど》を下ろした部屋や学校はわたしと親しくすることができない、
だが、無作法者と小さい子供たちはそんなものよりはましだ。

若い機械工はわたしに一番親しい、彼はわたしをよく知っている、
彼の斧《おの》と水壺を一緒に持って行く樵夫《きこり》は終日一緒にわたしを同伴するのだ、
畑を耕している農童はわたしの声がするので上機嫌だ、
帆走る船舶でわたしの言葉は帆走り、漁夫や船乗りたちと連れ立ち、彼らを愛する。

幕営した、あるいはまた進軍中の兵士はわたしのものだ、
勝負の決まらない戦闘の前夜に多くのものはわたしを捜す、そしてわたしは彼らを見捨てはしない、
あの厳粛な夜に（それは恐らく彼らの最後のであるだろう）わたしを知っているところの人々はわたしを捜す。

わたしの顔はたった一人で彼の毛布にくるまって横になっている時猟師の顔をこする、
わたしのことを考えている御者《ぎょしゃ》は荷車のガタピシするのを気にしない、
若い母も、年老いた母もわたしを理解している、

娘と人妻とはしばらく針を休めてどこに彼女たちがいるのかを忘れる、
その人たちは一人残らずわたしが彼らに語ったところのことを再び取り戻すだろう。

四八

霊魂は肉体よりより以上のものではないとわたしはかつて言った、
また肉体は霊魂よりより以上のものではないともわたしはかつて言った、
そして何ものも、〝神〟ですら人間にとってその者自身よりより偉大ではないし、
そして誰であろうと同情心がなくて短い距離を行くならば、彼の屍衣《しい》を着て彼みずから の葬式へと歩むものだし、
そして一文無しのわたしにしても君にしても土地の最良のものが購《あがな》い得るし、
そして莢《さや》に納まっている豆を片目でちらと見ることなり、あるいは示すことはあらゆ る時代の知識を狼狽せしめるし、
そしてどんな商売にしても、仕事にしても、一度青年が従事するならば傑物になり得

ないなどいうものは存在しないし、
そしてどんな柔軟な物体にしても回転する宇宙の中枢となり得ないものは存在しない、
そしてわたしは男女の誰彼に向かって呼びかける、君たちの霊魂をして無数の宇宙を
前にして冷静沈着に不動であらしめよ、と。

またわたしは人類に向かって呼びかける、〝神〟に関して好奇心を抱くな、と、
なぜならばお互いについて好奇心を抱くわたしも〝神〟に関しては好奇心を抱くこと
がないからだ、
(どんな用語を羅列するにしても、わたしが〝神〟について、また死について、わた
しが平静でいるかをどれだけも言い表わすことができないからである。)

わたしはあらゆる物象のうちに〝神〟の声を聞き、また見るが、しかもなお所詮は神
を了解することはない、
それればかりではない、何びとがわたし自身よりより以上に驚異に満ちたものが存在し

得るかということをわたしは了解することがないのだ。

この日よりもより以上に〝神〟を見ようとわたしが願うことがあり得ようか？
わたしは二十四のどの時間にも、それのどの瞬間にも〝神〟の何ものかを見ている、
男たちや女たちの顔のうちにわたしは〝神〟を見ているし、また鏡にうつる自分自身の顔のうちにも、
わたしは街路に落とされた〝神〟からのいくつかの手紙を見つけた、どれにも〝神〟によって署名がされてある、
そしてわたしは、それらがあったところにそれらをそのままにして置く、なぜなら、わたしがいずこいかなるところへ行こうとも、
人々は時間を違えずにいつまでもいつまでもやって来ることをわたしは知っているからである。

四九

さらに君〝死〟、また君、免れることのできぬ死なるいたましい抱き締めについていえば、わたしをびっくりさせようとしても無駄である。

畏縮《いしゅく》することなしに彼の仕事へと助産医はやって来る、
〝先手を承る者〟が抑え、受け、支えるのをわたしは見る、
わたしは精妙な伸縮性のある出入り口の敷居に身をかがめる、
そして出入り口を注意し、また救出と脱出に注意する。

さらに君〝死体〟についていえば、わたしは君をいい肥料だと考える、だが、そういうことはわたしを不快にさせはしない、
芳香を放って成長する白バラの香をわたしは嗅ぐ、

わたしは葉におおわれた唇に手をのばし、メロンの光沢ある胸に手をのばす。

さらに君〝生〟についていえば、わたしは君を多くの死の遺物だと断定する、
（疑いもなくわたしは以前に一万遍もわたし自身を死なしたものだ。）

おお、天の星々よ、かしこにあってささやくところの君たちの声をわたしは聞く、
おお、太陽たちよ――おお墓場の草よ――おお、不断の移送と増進よ、
もし君たちが何ごとをも言わないものならば、どうしてわたしが何ごとかをいうことができるだろうか？

秋の森のなかに横たわる濁った溜《た》まり水について、ヒューヒュー音を立てる薄明の断崖を落ちてゆく月について、
揺れ動く、真昼と夕暮の閃光《せんこう》――塵芥《じんかい》のなかに朽ち滅びてゆく黒い樹幹のうえに揺れ動く、

水気のない大枝の悲嘆するわけのわからぬ饒舌に合わせて揺れ動く。

わたしは月から上昇し、わたしは夜から上昇する、

わたしは蒼白の微光は反射された真昼の日光であることを知覚する、

そして偉大な、あるいは劣小な子孫たるものから毅然《きぜん》として中心をなすものへと進出するのだ。

五〇

そうしたものがわたしのうちに存在する――それが何であるかをわたしは知らない

――だが、それがわたしのうちに存在するのを知っている。

ねじて引き離され、汗びっしょり――やがてわたしの身体は平静に、冷然となる、

わたしは眠る――わたしは長いこと眠る。

わたしはそれを知らない――それは名無しである――それはまだ語られなかった言葉だ、
それはどんな辞書、言説、象徴のなかにも無い。

わたしが振り動かしつづけている地球より、よりすぐれた何ものかをそれは振り動か
しつづけている、
それにとっては創造は友達だ、そのものの抱擁はわたしを目ざめしめる。

恐らくわたしはもっと語れるかも知れない。大筋を！　わたしはわたしの兄弟たちや
姉妹たちのために主張する。

諸君にわかるか？　おお、わたしの兄弟たちや姉妹たちよ！
それは混沌でもない、死でもない――それは形態だ、連合だ、計画だ――それは永生
だ――それは〝幸福〟そのものだ。

五一

過去も現在も凋《しぼ》み萎《な》える――わたしはそれらを充満し、それらを空虚にした、
そして未来におけるわたしの次の生涯を充実するために進む。

そこにいて聴耳《ききみみ》をそばだてている人たちよ！　何事をわたしに打ち明けて話そうというのか？

夕方が這《は》い寄るのをわたしが抑えつけているうちに、わたしの顔をよく見たまえ、
(正直に語りたまえ、誰も君のいうことを聞いてはいない、そしてわたしの足を止めているのはもう長い間ではないのだ。)

わたしは自家撞着《どうちゃく》をしているのだろうか？
よし、それならそれで自家撞着をしてやろう、

（わたしは大きいのだ、わたしは多数を包含する。）

わたしは手近にいる人たちに向かって全力を集中しよう、わたしは出入り口の敷居のうえで待つ。

彼のその日の仕事をやり終わったものは誰だ？　一番早く彼の晩飯をすませたものは誰だ？
わたしと一緒に散歩したいのは誰だ？

君はわたしが行ってしまう前に話さないか？　君はもう間に合わないと云い立てるのか？

五二

斑点のある鷹《たか》は遠くからわたしの身近に急襲して来て罪を責め立てる、彼はわたしの
無駄話とわたしの時間を徒費したりするのが不平なのである。

わたしはまたほんのわずかばかりも慣らされてはいない、わたしはまた翻訳しがたい
ものだ、
わたしは世界の屋根のうえにわたしの粗野な叫び声を響かせる。

消えることの迅速な残照はわたしのために逡巡《しゅんじゅん》し、
それはかげった荒野のうえに他の人々に似た、そしてどんなものとも生き写しのわた
しの似姿を投げ、
それは煙霧と夕闇へとわたしを誘う。

わたしは空気のように出てゆく、わたしは逃げてゆく太陽に向かってわたしの白髪をゆさぶる、
わたしはわたしの肉体を渦流にして注ぎ出し、またそれをレースのような襤褸《ぼろ》にして押し流す。

わたしはわたしの好きな草から発芽するようにと土にわたし自身を遺贈する、
もし君たちが再びわたしに用があるならば、君たちの長靴の底革の下でわたしを捜したまえ。

君たちはわたしが誰であるか、またわたしが意味するものは何であるかを知ることがあるまい、
だが、そんなことは問題ではなくて、わたしは君たちに対してよい健康となろう、
そして君たちの血液を清めるものになり、またその力となろう。

しょっぱなにわたしを捕捉《ほそく》し損じても勇気を出しつづけたまえ、
一ところでわたしを見失っても他の場所を捜したまえ、
わたしはどこかにいて君たちを待っている。

世界万歳！

一

おお、わたしの手をとれ、ウォルト・ホイットマンよ！

このような静かに流れる不思議なものどもよ！　このような光景と物音よ！

このような結び合って終わるところのない鎖の環《わ》、その一つ一つは次のものと鉤《かぎ》で留めてあり、
一つ一つがすべてに答え、一つ一つがすべてと世界を分ける。

君の内にあってひろがるものは何か、ウォルト・ホイットマンよ？

どんな海、どんな陸地がしみ出るのか？

どんな風土が？　どんな人間と都会がそこにはあるのか？
あるものは嬉戯し、あるものはまどろむ、その幼子たちは何者だ？
娘たちは何者だ？　既婚の女たちは何者だ？
お互いに他の頸《くび》筋に腕をまきつけてゆっくりと行く年老いた人々の群れは何者だ？
これらは何という名の川だ？　これらは何という名の森林か、果実か？
霧の中にそんなにも高くそびえているのは名を何と呼ばれる山々だ？
みんな居住者でいっぱいなのだが何と多くの住居なのだ？

二

わたしの内部で緯度はひろがり、経度は伸びる、
東方にあるのはアジア、アフリカ、ヨーロッパ——西方にアメリカが自給自足している、
地球の突起部分を帯状の線をつけて赤道が巻きついている、
北と南は奇妙に軸端を回す、

わたしの内部には最も長い日がある、太陽は傾斜する軌道を旋回する、それは幾月も
没することはない、
時が来ればわたしの内部にのびて夜半の太陽は地平線の上に正しく昇って再び沈む、
わたしの内部には帯域があり、海洋があり、瀑布《ばくふ》があり、森林があり、火山があり、
島嶼《とうしょ》群――
マレーシア、ポリネシア、そして大きな西インド諸島がある。

三

君が聞くのは何だ、ウォルト・ホイットマンよ?

わたしは聞く、労働者が歌うのを、また百姓の妻が歌うのを、
わたしは聞く、遠くの方で朝早く子供たちや動物たちの立てる物音を、
わたしは聞く、野生馬を追跡するオーストラリア人たちの負けまいと争ってあげる叫

びを、
わたしは聞く、リーベックやギターに合わせて胡桃《くるみ》の木かげでカスタネットをもって踊るスペイン舞踏を、
わたしは聞く、テームズ川からの間断ない反響を、
わたしは聞く、熱烈なフランスの自由の歌を、
わたしは噂《うわさ》に聞く、イタリアの軽艇の舟夫《かこ》が古詩を音楽的に朗誦するのを、
わたしは聞く、彼らのすさまじい大群のにわか雨をもって穀粒や草を彼らが襲撃するときのシリアの蝗《いなご》を、
わたしは聞く、黒い、尊敬すべき、広漠とした母なるナイル川の胸のうえに物悲しく沈む太陽の方に向かって続けるコプト人の復唱句を、
わたしは聞く、メキシコの騾馬《らば》の御者たちの陽気に歌うのを、また騾馬のベルの音を、
わたしは聞く、アラビア人の勤行《ごんぎょう》時報係が回教寺院の尖塔から呼びたてているのを、
わたしは聞く、彼らの教会の祭壇で祭事をしているキリスト教の牧師を、わたしは聞く、応答するバスとソプラノを、

わたしは聞く、コサックの喚声を、またオホーックで海に乗り出す水夫たちの高声を、
わたしは聞く、奴隷たちが長途の苦しい歩行をつづけるとき、また鎖で手首や足首を
一緒にしばられて二人三人とたくましい悪漢どもが次へ送られるとき、数珠《じゅず》つなぎ
になった一続きのゼーゼー息をつくのを、
わたしは聞く、ヘブライ人が彼の記録や詩篇を読むのを、
わたしは聞く、ギリシア人の韻律《いんりつ》的な神話を、またローマ人の力強い伝説を、
わたしは聞く、美しい〝神〟キリストの聖なる生涯と血みどろの死の物語を、
わたしは聞く、三千年も前に書いたところの詩人たちから今日まで安全に伝承された
慈悲や、戦争や、ことわざを彼の気に入りの弟子に教えているヒンズー教徒を。

四

君が見るのは何だ、ウォルト・ホイットマンよ?
君が挨拶する彼らは何びとだ、そして次々に君に挨拶するのは?

わたしは見る、空間を貫いて回転する一個の偉大な円形の驚くべきものを、
わたしは見る、その表面にあるちっぽけな農場を、村落を、廃墟《はいきょ》を、墓地を、牢獄を、
工場を、宮殿を、茅屋《ぼうおく》を、野蛮人の粗末な小屋を、遊牧民のテントを、
わたしは見る、眠る人たちが眠っているところの一方の側のうえの翳《かげ》った部分と他の
側のうえの太陽に照らされた部分を、
わたしは見る、光と陰《かげ》の不思議な急速な交替を、
わたしは見る、わたしの国がわたしに対してあると同様にそれらの住民に対して借り
物でなくまた親近な遠方の国々を。

わたしは見る、淼漫《びょうまん》たる海域を、
わたしは見る、山々の絶巓《ぜってん》を、わたしは見る、並びつらなっているアンデスの鋸歯《きょし》状
山脈を、
わたしははっきりと見る、ヒマラヤ山脈を、天山山脈を、アルタイ山脈を、ゴーツ連嶺を、

わたしは見る、エルブルズや、カズベクや、バザルデューシの巨人のような尖峰を、
わたしは見る、スティリアン・アルプスを、またカアナック・アルプスを、
わたしは見る、ピレネー山脈を、バルカン山脈を、カルパチア山脈を、また北方にあってはドフラフィールド山脈を、また海の遠方にはヘクラ山を、
わたしは見る、ベスビアスとエトナを、月界の山々を、マダガスカル島の〝赤い〟山々を、
わたしは見る、リビアの、アラビアの、アジアの砂漠を、
わたしは見る、巨大な、恐ろしい北極と南極の氷山を、
わたしは見る、より大きい大洋とより小さい大洋を、大西洋と太平洋を、メキシコ海を、ブラジルの海を、そしてペルーの海を、
インドの水域を、支那海を、そしてギネア湾を、
日本水域を、その山々の陸地で囲まれた長崎の美しい港湾を、
バルト海、カスピ海、ボスニア海の渺茫《びょうぼう》たる海面を、イギリスの諸海岸を、そしてビスケー湾を、
明るく太陽の照る地中海を、そしてその島々の一つ一つを、

白海《ホワイト・シー》を、そしてグリーンランド周辺の海を。
わたしは見つめる、世界の海員たちを、
ある者は嵐のなかにあり、ある者は夜、見張り勤務の当直者と一緒に居り、
ある者は策の施しようもなく漂流し、ある者は伝染病にかかっている。
わたしは見つめる、世界の帆船と汽船を、あるものは港のなかに寄り集まり、あるものは航海中であり、
あるものはストーム岬を、あるものはベルデ岬を、他のものたちはガルダフィ、ボン、
またはバヤドールの岬々を、
他のものたちはドンドラ岬角《こうかく》を回航し、他のものたちはスンダ海峡を、他のものたちはロパトカ岬を、他のものたちはベーリングの海峡を、
他のものたちはホーン岬を通過し、他のものたちはメキシコ湾を、あるいはキューバまたはハイチに沿って、他のものたちはハドソン湾、あるいはバフィン湾を帆走し、

他のものたちはドーバー海峡を通過し、他のものたちはウォッシュ川に、他のものたちはソルウェイ河口湾に入り、他のものたちはクリーア岬を、他のものたちはランズ・エンドを迂回《うかい》し、
他のものたちはゾイデル海やシェルト川をZ字形に、
他のものたちはジブラルタルやダーダネルスでは来るもの、あるいは往くものとして航行し、
他のものたちは北方の冬季浮氷群を押し開いて断固として針路を進め、
他のものたちはオビ川あるいはレナ川を、
他のものたちはニジェール川やコンゴ川を、他のものたちはインダス川を、ブラマプトラ川とカンボジアの川を下江あるいは溯江《そこう》し、
他のものたちは蒸気を噴き上げていつでも出航できるようオーストラリアの港内に待機し、
リバプールで、グラスゴーで、ダブリンで、マルセーユで、リスボンで、ナポリで、ハンブルグで、ブレーメンで、ボルドーで、ハーグで、コペンハーゲンで待機し、

バルパライソで、リオ・デ・ジャネイロで、パナマで待機するのを。

五

わたしは見る、地表の鉄道の軌条を、
わたしは見る、グレート・ブリテーンにあるそれらを、ヨーロッパにあるそれらを、
わたしは見る、アジアにあり、またアフリカにあるそれらを。

わたしは見る、地表の電信機を、
わたしは見る、人間界の戦争の、死の、喪失の、獲得の、情熱の新しい事実の報道の
細条《フィラメント》を。

わたしは見る、地表の長い川筋を、
わたしは見る、アマゾン川とパラグワイ川を、

わたしは見る、支那の四大河川、黒竜江を、黄河を、揚子江を、そして珠江を、
わたしは見る、セーヌ川の流れるところを、またダニューブ川、ロアール川、ローヌ川、ガダルキビル川の流域を、
わたしは見る、ボルガ川、ドニエプル川、オーデル川の曲流を、
わたしは見る、アルノー川を下るトスカナ人を、またポー川に沿って行くベネチア人を、
わたしは見る、エギナ湾を船出してゆくギリシア人の海員を。

六

わたしは見る、アッシリアの古帝国の遺跡を、またペルシャのそれを、さらにインドのそれを、
わたしは見る、サウカラの高所環状地帯を越えてガンジス川の流れ落ちてくるのを。
わたしは見る、人間の姿の権現によって肉体化された〝宇宙の創造神〟の意図の場所を、

わたしは見る、地上の僧侶たちの、神託を伝える人々の、生贄《いけにえ》を供える司祭たちの、バラモン僧たちの、セービア教徒の、ラマ僧たちの、修道僧たちの、回教法典の解説官たちの、非牧師説教者たちの連綿継承の諸地点を、
わたしは見る、ドゥルイド教団の僧たちがモーナの小さな森を歩いたところを、わたしは見る、寄生木《やどりぎ》と馬鞭草《くまつづら》を、
わたしは見る、〝神々〟の肉体の死の神殿を、わたしは見る、昔の告知者たちを。

わたしは見る、若人や、老いた人々の真っただ中にあって彼の最後の晩餐のパンを食べているキリストを、
わたしは見る、容易に敗れることを知らぬ神性の若人ハーキュリーズが忠実に長い間労苦し、そのあとで死んだ場所を、
わたしは見る、美しい夜の息子、豊満な四肢をしたバッカスの天真爛漫《らんまん》の恵まれた生涯と不運な最期の場所を、
わたしは見る、水色の衣をつけ、彼の頭上には羽毛の冠をいただいて、咲き匂う花の

ようなネプを、
わたしは見る、疑心を抱かず、瀕死《ひんし》の、大いに愛されるヘルメスを、彼は人々に向かっていう〝わたしのために嘆き悲しんでくれるな、
これはわたしの真の故郷ではない、自分の真の故郷から追放されてわたしは生きて来た、わたしは今そこへ帰ったのだ、
わたしは天上の世界へ戻るのだ、そこは一人残らずその順番が来れば行くところなのだ〟と。

七

わたしは見る、地上のもろもろの戦場を、それらのうえには草が生い茂り、果樹の花が咲き、穀物が実る、
わたしは見る、古今の諸遠征の通り過ごした跡を、
わたしは見る、地上の名もないもろもろの石造建築や、有名でない諸事件や、英雄た

ちや、諸記録の古色蒼然たる使命を。

わたしは見る、北方の烈風によって裂かれた松樹と樅樹《もみのき》を、
わたしは見る、花崗岩《かこうがん》の漂石と急崖を、わたしは見る、緑の牧場と湖水を、
わたしは見る、スカンジナビアの戦士たちの墓所の積み石を、
わたしは見る、彼らの静かな墓に退屈を感じたとき、死者たちの霊が塚土の底から立ち上がることができて、空高く打ち上げる巨濤《きょとう》を凝視したり、また無限の空間と自由と行動の嵐によって再び元気づけられるよう、いつも動いている海洋の辺に石をもって高く建立されたそれらを。

わたしは見る、アジアの大平原を、
わたしは見る、蒙古《もうこ》の墳丘を、わたしは見る、カルムイック族やバシュキール族の幕屋を、
わたしは見る、牡牛や牝牛の畜群をつれた遊牧部族を、

わたしは見る、水蝕《すいしょく》深谷でＹ字形に刻まれた卓状地を、わたしは見る、ジャングルと砂漠を、
わたしは見る、らくだを、野生馬を、野雁を、太い尾の緬羊《めんよう》を、かもしかを、そしてまた穴居する狼を。

わたしは見る、アビシニアの高地を、
わたしは見る、物を食う山羊の群れを、また見る、いちじくの樹を、タマリンドを、なつめやしを、
また見る、アビシニア特産禾本《かほん》科植物の耕地を、また緑の草木と黄金色の場所を。

わたしは見る、ブラジルの牧畜者を、
わたしは見る、ソラータ山を登るボリビア人を、
わたしは見る、平原を横切るワチョー族を、わたしは見る、彼の投げ綱を腕にかけている比類まれな騎乗者を、

わたしは見る、パンパス草原を越えて、自家用皮革のための野生獣類の追跡を。

八

わたしは見る、雪と氷の地帯を、
わたしは見る、嶮《けわ》しい目をしたサモイエッド族とフィン族を、
わたしは見る、小舟のなかで彼の投げ槍を構える海豹《あざらし》猟人を、
わたしは見る、犬がひく彼の軽快な橇《そり》に乗ったシベリア人を、
わたしは見る、海豚《いるか》猟者を、わたしは見る、南太平洋と北大西洋の捕鯨者たちを、
わたしは見る、スイスの嶮しい岩塊を、氷河を、急湍《きゅうたん》を、渓谷を――わたしは見守る、
長い冬と孤独を。

九

わたしは見る、地上の諸都市を、そしてわたしを出まかせにそれらの一部分たらしめる、
わたしは正真正銘のパリっ子だ、
わたしはウィーン、聖ペテルブルグ、ベルリン、コンスタンチノープルの住民だ、
わたしはアデレード、シドニー、メルボルンの者だ、
わたしはロンドン、マンチェスター、ブリストル、エジンバラ、リメリックの者だ、
わたしはマドリッド、カディズ、バルセロナ、オポルト、リヨン、ブリュッセル、ベルン、フランクフルト、シュツットガルト、チューリン、フローレンスの者だ、
わたしはモスクワに、クラコウに、ワルシャワに、あるいは北に向いたクリスチアニアまたはストックホルムに、あるいはシベリアのイルクーツクに、あるいはアイスランドのどこかの街に住む者だ、
わたしはあらゆるそれらの都市のうえに下りて行き、再びそれらから去る。

一〇

わたしは見る、人跡未踏の国々から発散する濛気《もうき》を、
わたしは見る、蒙昧《もうまい》の諸代表物、弓と、矢を、毒を塗った裂いた木片を、物神を、オウビ護符を。

わたしは見る、アフリカとアジアの諸都邑《とゆう》を、
わたしは見る、アルジェを、トリポリを、ダーネーを、モガドールを、チンバクトゥを、モンロビアを、
わたしは見る、北京の群衆を、広東を、ベナレスを、デリーを、カルカッタを、東京を、
わたしは見る、彼の粗末な小屋に住むクルー人を、また彼らの粗末な小屋に住むダホメ人とアシャンチー人を、
わたしは見る、アレッポで阿片を吸飲するトルコ人を、

わたしは見る、ヒバの定期市やヘラットのそれらの絵のような雑踏を、
わたしは見る、テヘランを、わたしは見る、ムスカットとメジナとその間に介在する砂原を、わたしは見る、労苦して前進するキャラバンたちを、
わたしは見る、エジプトとエジプト人を、わたしは見る、ピラミッドと方尖塔《オベリスク》を、
わたしは眺める、鑿《のみ》で彫刻された歴史を、砂岩の石板や花崗岩《かこうがん》の切り石に刻み込まれた征服された王たちや王朝の記録を、
わたしは見る、メンフィスで、ミイラ納坑を、麻布にくるんで、香料をつめたミイラが納められて幾世紀となくそこに横たわっている、
わたしは眺める、死んだテーベ人が大きな円《つぶ》らな目をして、頸をがっくりと垂れ、胸のうえに手を組んでいるのを。

わたしは見る、労役している世界の僕婢たちを、
わたしは見る、入獄中のあらゆる囚徒を、
わたしは見る、世界の不具な人間の肉体を、

盲人を、聾《ろう》者と唖《あ》者を、白痴を、傴僂《せむし》を、発狂者を、
世界の海賊を、盗人を、裏切り者を、殺人者を、奴隷商人を、
よるべのない幼児を、またよるべのない年老いた男女を。

わたしは見る、至るところに男子と女子を、
わたしは見る、達観した人たちの平静な兄弟づき合いを、
わたしは見る、人間の組成的能力を、
わたしは見る、人間の不屈の努力と勤労の成果を、
わたしは見る、社会的階級を、皮膚の色を、未開を、文明を、わたしはそれらと混じっ
　てゆき、わたしは無差別に混じり合い、
そしてわたしは世界のあらゆる住民に挨拶する。

二

君、君が誰であろうとおかまいなしだ！

君、イギリスの娘または息子よ！

君、強大なスラブの諸族と諸帝国の人々よ！　君、ロシアにあるロシア人よ！

君、長身で、見事な頭、高貴な姿態をし、壮麗に運命づけられて朦朧《もうろう》たるなかから系統を受けた、黒色の、神のような霊魂をもったアフリカ人よ、君はわたしと同等の相互関係なのだ！

君、ノルウェー人よ！　スウェーデン人よ！　デンマーク人よ！　アイスランド人よ！　君、プロシャ人よ！

君、スペインのスペイン人よ！　君、ポルトガル人よ！

君、フランスのフランス婦人とフランス男子よ！

君、ベルギー人よ！　君、オランダの自由愛好者よ！（君という祖先、そこからこのわたし自身の血筋を引いているのだ。)

君、不屈のオーストラリア人よ！　君、ロンバルジア人よ！　フン族よ！　ボヘミア人よ！　スティリアの農民よ！

君、ダニューブ川の隣国人よ！

君、ライン川、エルベ川、あるいはウェーゼル川の男子労働者よ！　君、同様の女子労働者よ！

君、サルジニア人よ！　君、ババリア人よ！　スワビア人よ！　ザクセン人よ！　ウォラキア人よ！　ブルガリア人よ！

君、ローマ人よ！　ナポリの市民よ！　君、ギリシア人よ！

君、セビラの演技場における敏捷な闘牛士よ！

君、タウルス山脈やコーカサス山脈のうえで気ままに生活している山地民よ！

君、草をはんでいる君の牝馬と牡馬を看視しているボカラの牧人よ！

君、標的に向かって矢を射ながら鞍《くら》にまたがって全速力ではしっている美しい体軀をしたペルシャ人よ！

君、支那の支那男子と支那婦人よ！　君、韃靼《ダッタン》の韃靼人よ！

君たち、君たちの労役に甘んじ、服している世界の婦人たちよ！

君、一度シリアの土地のうえに立とうとあらゆる危険を乗り越えて年老いてなお旅をつづけるユダヤ人よ！

君たち、君たちの救世主をあらゆる国々で待ち望んでいる他のユダヤ人たちよ！

君、ユーフラテス川のどこかの小川のそばで、沈思黙考している思案にくれたアルメニア人よ！　君、ニネベの廃墟《はいきょ》の中で凝視するものよ！　君、アララット山をのぼるものよ！

君、メッカの高尖塔のはるか遠方の閃光をうれしげに迎える足の疲れ果てた巡礼者よ！

君たち、スエズからバブ・エル・マンデブまでの一続きのひろがりに沿って君たちの家族たちと部族たちを統率する族長たちよ！

君たち、ナザレ、ダマスカスあるいはチベリウス湖の平野で君たちの果実の手入れをする橄欖《オリーブ》栽培者よ！

君、広大な内陸で、あるいはまた拉薩《ラッサ》の店舗で交易をしている西蔵《チベット》商人よ！

君、日本人の男と女よ！　君、マダガスカル島の、セイロン島の、スマトラ島の、ボルネオ島の住民よ！

あらゆる君たち、アジアの、アフリカの、ヨーロッパの、オーストラリアの諸大陸の住民、場所に何らの関係もない人々よ！

神の群島の無数の島々のうえの君たちすべてよ！

また、わたしのいうことに耳を傾けて聞くその時以後数世紀の君たちよ！

またわたしが特にどことささない、それどころか同様に寸分違わず包括する一人一人、また、いずこいかなるところの君たちよ！

健康よ、諸君のうえにあれ！　わたしとアメリカが贈ったところの好意よ、諸君すべてのうえにあれ！

わたしたちの一人一人は非常に貴重だ、
わたしたちの一人一人は無限だ――わたしたちの一人一人は彼あるいは彼女の権利と

共に地上にある、
わたしたちの一人一人は大地の永遠の目的を承認したのだ、
ここにあるわたしたち一人一人は、ここにあるいかなるものとも等しく神聖なのだ。

一二

君、短急の音を出さす上顎《うわあご》をしたホッテントット族よ！　君、羊毛のような頭髪の遊牧民よ！

君たち、汗の雫《しずく》や血の雫をしたたらす奴隷たちよ！

君たち、動物の奥底知れない、いかにも印象的な容貌の人体よ！

君たち、あらゆる君たちのかすかに存在を示す言語と霊性のゆえに自余の最も劣等なものたちからすら蔑視しつづけられているところの気の毒なクーブー族よ！

君、矮小《わいしょう》なカムチャツカ人よ、グリーンランド人よ、ラップランド人よ！

君、這いつくばって、君たちの食物を捜す、突き出る唇をした、全裸で、赤色の、すすけた南半球の黒人種よ！

君、カフィール人よ、バーバリ人よ、スーダン人よ！

君、痩《や》せこけて、異様で、野蛮なベドイン族よ！

君、マドラスや、南京や、カブールや、カイロの厄介物の群衆よ！

君、アマゾニアの無知蒙昧《もうまい》の流浪者よ！　君、パタゴニア族よ！　君、フィジー諸島民よ！

わたしは君たちのいずれにも先立って特に他のものを選ぶことはしない、
君たちが直立しているところ、そこに後退する君たちに楯《たて》つく一語をもわたしは洩らすことをせぬ、

（君たちは時が来ればわたしのそばにやって来るだろう。）

一三

わたしの精霊は同情と決意を抱いて全世界をめぐり回った、わたしは均等の人々と愛する人々とを尋ね求めた、そしてあらゆる国々にあってわたしを待っている彼らを発見したのだ、
わたしは思う、ある神聖な密接な関係がわたしと彼らとを均等のものにしたのだ、と。

君、濛気《もうき》よ、わたしは思う、わたしは君と一緒に立ち昇って、遠くの大陸に移動し去り、充分の理由があってそこに落下したのだ、と、
わたしは思う、君たち、風と一緒にわたしは吹いたのだ、と、
君、水よ、わたしは君と一緒にあらゆる岸辺に手を触れたのだ、
わたしは全地球のいかなる川、あるいは海峡が流過したところをも流過したのだ、
わたしは半島の基部のうえと、高い、地中に入り込んだ岩石のうえにわたしの立つところを占めた、そこからわたしは叫ぶ……

〝世界万歳！〟

光線なり温暖なりが透入するどんな都市をもわたしはわたし自身をそれらの都市に透入する、

鳥類が通うほどのあらゆる島々へわたしはわたし自身でも翔《か》ける。

諸君のすべての方に向かって、アメリカの名において、

わたしは高く垂直の手をあげ、わたしは信号するのだ、

人類のあらゆる集まるところ、また家郷として、

わたしの亡《な》いあと、いつまでも眼前に存続するように、と。

大道の歌

一

徒歩で、陽気に、わたしは大道を歩き出す、
健康で、自由に、わたしの目の前の世界は、
わたしの目の前の褐色の路はわたしが選択するどこであろうと先導する。

今から後わたしは幸運を求めない、このわたし自身が幸運なのだ、
今から後わたしはもうこっそり話などはしない、もうひきのばしなどはせぬ、何ものをも入用としない、
家の内での愚痴や、知ったかぶりや、あら捜したらだらの批評など飽き飽きした、

力強く、満足して、わたしは大道を旅する。

大地、それだけで充分である、
諸星座がも少し近ければなどわたしは欲しはしない、
それらはその所在するところで申し分ないのをわたしは知っている、
それらはそれらに属しているところのものたちで充分なのをわたしは知っている。

(今なおここにわたしの古なじみの結構な重荷をわたしは持ち運ぶ、
わたしは彼ら、男たちや女たちを持ち運ぶ、
わたしが行くどこであろうとわたしはわたしと一緒に彼らを持ち運ぶ、
誓っていうが、彼らを脱することはわたしには不可能なのだ、
わたしは彼らでいっぱいだ、そしておかえしにはわたしは彼らをいっぱいにする。)

二

君、道路にわたしは出る、そしてあたりを見回す、わたしは君がそこにあるだけのも
　のが全部ではないことを信ずる、
見えない多くのものも同様にここにあることをわたしは信ずる。

ここに、選択でもなければ拒否でもない受容の非常に意味深い教訓がある、
縮れっ毛の頭をした黒人も、重罪犯人も、病人も、無学な者も拒否されはしない、
出産、外科医への駆けつけ、乞食のわたり歩き、泥酔者のよろめき、機械工たちの笑
　いさざめく一団、
逃亡した若者、金持の馬車、伊達《だて》者、駈落する男女、
早起きの市場商人、柩車、町への家具の引越し、町からの引っ返し、
それらは通り過ぎる、わたしもまた通り過ぎる、どんなものも通り過ぎる、誰一人と

して制止されない、
みんな受容されたのだ、誰も彼もわたしにとって親しいものでないものはない。

三

君、語ろうとする気息でわたしに奉仕するところの空気よ！

君、わたしの旨意するものを散漫から呼び集めてそれらに形を与えるところの諸物象よ！

君、わたしや、あらゆる事物をやさしい一様のにわか雨で包み込むところの光よ！

君、路傍に不規則なくぼみとなってすたれた小径《こみち》よ！

わたしは君たちが目に見えない実在物と一緒に潜在しているのを信ずる、君たちはそんなにもわたしに親しいものなのだ。

君、都市の敷石舗装された歩道よ！　君、辺端の頑丈な辺石よ！

君、渡し船よ！　君、埠頭《ふとう》の厚板と繋船杭よ！　君、立木の並んだ斜面よ！　君、遠方の船よ！

君、家の列よ！　君、窓のついた建物の正面よ！　君、屋根よ！

君、玄関と入口よ！　君、墻壁《しょうへき》の笠木《かさぎ》と鉄柵よ！

君、ふんだんに人目にさらされるように透明な外部のおおいをもつ窓よ！

君、扉口と昇り階段よ！　君、弓形門よ！

君、はてしない舗道の灰色の石よ！　君、踏みならされた十字路よ！

君たちに接触したところのすべてで君たちは君たち自身に授け与えられたのだとわたしは信ずる、そして今やひそかにわたしに同じものを授け与えようとするのだと、
生存者と死者で君たちは君たちの無感動な表面を占めた、そして精霊はそれからわたしに明白で親しみのあるものとなるだろう。

四

大地は右手の方向へも左手の方向へもひろがる、
どの部分もそれのこの上ない明るさで生き生きとしている絵画、
その欲せられるところでは奏せられ、またその欲せられぬところでは休止する音楽、
公道の愉快そうな声、道路の晴れやかなみずみずしい情趣。

わたしの旅する街道、〝わたしは離れてはならない〟とわたしに向かっていうのか？

〝危険なまねをするな――もしわたしを離れれば君は迷い子になる〟と君はいうのか？

〝わたしはすでに準備ができた、わたしはよく踏みならされ、肯定された、しっかりわたしにくっつきたまえ〟と君はいうのか？

おお、公道よ、わたしは答える、わたしは君を離れることを恐れはしない、と、しかもわたしは君を愛する、
君はわたしがわたし自身を表現できるより一層よくわたしを表現するのだ、
君はわたしにとってわたしの詩以上のものであるだろう。

わたしは思う、英雄的行為はすべて戸外で案出されたのだ、と、そしてあらゆる自由な詩歌もまた、
わたしは思う、わたし自身ここに留まって奇跡を行なうことができたらば、と、
わたしは思う、わたしが路上で行き会うものは何であろうとわたしは好きになろう、と、そしてわたしを凝視するものは誰であろうとわたしを好きになるだろう、
わたしは思う、わたしが見る誰であろうと幸福でなければならない、と。

五

たった今からわたしは境界や仮想の限界をゆるめることをわたし自身に命ずる、
徹頭徹尾、絶対の自分自身に主人たるわたしはその欲するところに行き、
他人の言葉に耳傾け、彼らのいうところをよく考慮し、
休止し、捜索し、受容し、沈思し、
おとなしく、だが、否定ができない意志の力をもって、わたしを捉えようとするところの捕捉を脱却するのだ。

わたしは空間のおびただしい通気を吸い込む、
東と西はわたしのものだ、そして北と南はわたしのものだ。

わたしは自分が考えていたよりより大きく、よりすぐれている、

わたしは自分がそんなにも多くの良さを保持していたのを知らなかった。

すべてがわたしに美しく見える、
わたしは男たちにも女たちにも繰り返していうことができる、君たちはわたしにそん
　なにもいいことをしてくれた、わたしは諸君に同様のことをしてあげるだろう、と、
わたしは行きながらわたし自身と諸君のために仲間をふやそう、
わたしは行きながら男たちや女たちの間にわたし自身をばら撒《ま》こう、
わたしは彼らの間に新しい歓喜と粗野とを投げよう、
誰がわたしを拒否しようと、そんなことはわたしを煩わしはしない、
誰がわたしを受容しようと、彼なり彼女なりは祝福されるだろうし、またわたしを祝
　福するのだ。

六

今、若し一千人の完全な男たちが出現したとしても、それはわたしを仰天させはせぬだろう、
今、若し一千人の女たちの美しい姿が出現しても、それはわたしを驚愕させはせぬだろう。

今こそわたしは最良の人間を作り上げる秘訣を見た、
それは戸外で成長することであり、また大地と共に食いかつ眠ることだ。

ここに一つの、個人でなされた行為は占むべき場所をもつ、
（そのような行為は人類の全種族の心を捉《とら》える、
その力と意志の迸出《へいしゅつ》は法則を圧伏し、あらゆる権力と、それに反対するあらゆる論議

とを嘲笑する。)

ここに英知の試練がある、
英知は学校で決定的には試験されない、
英知はそれを所有している者からそれを所有していない他人へ譲ることはでき得ない、
英知は霊魂のものである、立証され得るものではなく、それ自身が立証であって、
あらゆる段階と、物象と、資質に応用されて満足するものであり、
現実の確実性と事物の永遠性であり、また事物の卓越である、
事物の見られ得るものである浮泛《ふはん》物のなかに何者かが存在して、そのものが霊魂から
　英知を喚起するのだ。

今、わたしはもろもろの哲学ともろもろの宗教とを再検討する、
それらは講義室にあってよく立証されるであろうが、しかもなお広大な雲々の下や、
風景や、滔々《とうとう》たる流水に沿ってはいささかも立証されないのである。

ここに実現がある、
ここにうってつけの一人物がいる——彼が彼のうちに持つところのものをここに彼は
実現する。

過去、未来、尊厳、愛——もしそれらが君たち無しならば、君たちもそれら無しなの
である。

あらゆる物象の核心だけが滋養分を与える、
君たちや、わたしのために莢《さや》をもぎ取ってくれるところの彼はどこにいるか？
君たちや、わたしのために謀略と外包物を駄目にさせるところの彼はどこにいるの
か？

ここに愛着機能がある、それは前もって形作ったものではない、それは機に応じたも

のなのだ。

君たちが通り過ぎるとき見知らぬ人々によって愛されるということはどんなことか君たちは知っているか？

それらのふり向く瞳《ひとみ》の語ることを君たちは知っているか？

七

ここに霊魂の流出がある、
霊魂の流出は樹枝でおおわれた門を越えて内から来て常に問題を喚起する、
これらの思慕、それらはなぜであろう？　はっきりとせぬこれらの想念、それらはなぜであろう？
なぜ、男たちや女たち、その人たちがわたしのそば近くいるその間、太陽の光がわたしの血をひろげ漲《みなぎ》らせるのだろう？
なぜ、彼らがわたしを離れたとき、わたしの歓喜の長旒《ちょうりゅう》は元気なく細くなって垂れてしまうのだろう？

なぜ、わたしがその下を歩くこともない木々なのに、奔放な音楽的な想念がわたしのうえに降るのだろうか？

(わたしは思う、それらはその木々のうえに冬も夏も吊り下がっていて、いつでもわたしが通り過ぎるとき果実を落とすのだと、)

こんなにも突然に見知らぬ人たちとわたしが取り交わすものは何だ？

彼のそばに座席を占めてわたしが車を駆るとき、ある御者《ぎょしゃ》と取り交わすものは何だ？

わたしが通りすがりに立ち止まりながら岸辺近くで彼の引綱をひいているある漁夫と取り交わすものは何だ？

一人の女なり男なりの好意に対して自由であるようにわたしに与えるものは何だ？

わたしの好意に対して自由であるように彼らに与えるものは何だ？

八

霊魂の流出は幸福である、ここに幸福がある、
わたしはそれは戸外に満ちあふれて、いかなる時にも待っているのだと考える、
今、それはわたしのうちに流れ入って来る、わたしたちは正当に満たされた。

ここにこだわりのない、ひきつける性格が生ずる、
こだわりのない、ひきつける性格は男や女の新鮮さであり、また優美さである、
（朝の草々がそれ自身の根から日ごとに新鮮に優美に芽をふくにしても、それはそうした性格がそれ自身から絶え間なく新鮮に優美に芽を吹くには及ばない。）
こだわりのない、ひきつける性格に向かって、老いた、また若い人々の愛の汗はにじみ出る、
こうした性格から美と博識を嘲笑するところの魅力が蒸留されて滴り、

こうした性格に向かって接触のおののきふるう思慕の疼痛《とうつう》が喘《あえ》ぐのだ。

九

さあ、出発しよう！　君が誰であろうと来てわたしと一緒に旅をするのだ！
わたしと一緒に旅をすれば君は決して疲れることがないのを発見する。

大地は決して疲れない、大地は粗野で、物をいわないで、最初は理解できない、〝自然〟は粗野で、最初は理解できない、
がっかりしてはならない、粘れ、ここによくおおい包まれた神聖なもろもろの事物がある、
言葉で語ることができるより、より以上に美しい神聖なもろもろの事物がここにはあることをわたしは君に向かって断言する。

さあ、出発しよう！　わたしたちはここに留まってはならない、たといどんなにこれらの貯えられた倉庫が人を魅するにしても、たといどんなにこの住居が便利であるにしても、わたしたちはここに留まることはできない、たといどんなにこの港が安全であろうとも、またたといどんなにこれらの海が静穏であろうともわたしたちはここに投錨《とうびょう》してはならない、たといどんなにわたしたちをめぐるところの厚いもてなしを歓び迎えるにしても、わたしたちはほんのわずかの間それを受けることが許されているだけなのだ。

一〇

さあ、出発しよう！　人を誘うもろもろの引力は一層増大するだろう、
わたしたちは水路もない荒海を帆走ろう、
わたしたちは風が吹き、波浪が激しく突進し、ヤンキーの快速船が総帆を張って疾走するところへ行こう。

さあ、出発しよう！　力、自由、大地、自然力、
健康、挑戦、陽気な気分、自尊、好奇心を道連れにして、
さあ、出発しよう！　あらゆる信仰形式から、
おお、蝙蝠《こうもり》のような目をした実利主義の僧侶たち、君たちの信仰形式から離れて。

腐りかかった死骸は通路をふさぐ――葬式はもう待ってはいない。

さあ、出発しよう！　だが、用心したまえ！
わたしと一緒に旅をする者は最良の血液と、筋肉と、忍耐とが要る、
彼なり彼女なりが勇気と健康とを持って来るまでは何びとといえども試練に参加する
　ことは許されない、
君たちがもし君たち自身の最良のものをすでに浪費し尽くしているならここへ来るな、
ただ好もしくそして固い決意をもった肉体で来るところの人々だけが来ることを許さ

れる、
病人でないもの、ラム酒飲みでないもの、あるいは性病患者でないものだけがここでは許容される、
（わたしとわたしの仲間は議論や、直喩《ちょくゆ》や、押韻《おういん》詩によって確信を抱くのではない、
わたしたちはわたしたちの実在によって確信を抱くのだ。）

一一

聴きたまえ！　わたしは君たちにあけすけ語ろう、
わたしは君たちに古くさい凸凹のない賞品を持ち出しはしない、わたしが持ち出すのは表面の凸凹した新しい賞品なのだ、
これらのものは君たちに必ずやって来なければならぬところの日々だ、
君たちは富と名づけられたところのものを蓄積してはならない、
君たちが獲得し、あるいはなし遂げたところのあらゆるものを気前よく与える手で君

たちは撒《ま》き散らさなくてはならない、

君たちは君たちが行くことを運命づけられたところの都市に行き着くだけなのだ、君たちが出発するように抵抗できぬほど力強い呼び声で呼ばれる前に、君たちは辛うじて満足して君たち自身を安住させるだけだ、

君たちは君たちのあとに残るところの人々の皮肉な微笑や嘲侮《ちょうぶ》を浴びせられるだろう、

どのような愛の手招きを君たちが受けるにしても、君たちは別離の激情的な接吻だけで答えるに留めなければならぬ、

君たちの方へ彼らののばした手をひろげるところの人々の捕捉を君たちは許してはならないのだ。

一二

さあ、出発しよう！　偉大な〝伴侶たち〟のあとを追い求めて、そして彼らの仲間になるために！

それらの人たちもまた途上にあるのだ——それらの人たちは敏捷《びんしょう》で堂々たる男子たち
　だ——その人たちは最も偉大な婦人たちだ、
海の静穏と海の嵐を楽しむものたち、
多くの船の船旅をする人たち、陸地の長距離歩行者たち、
多くの遠方の国々の常連の客たち、はるか遠方の住家の常連の客たち、
男や女の信頼される人々、都市の目撃者たち、人里離れた労役者たち、
叢《くさむら》、果樹の花、海岸の貝類の、足を止める人たちと熟視する人たち、
結婚式の舞踏で舞踏する人たち、花嫁の接吻者たち、子供たちの優しい助力者たち、
　子供を産む人たち、
反逆の兵士たち、口をあけた墓穴のかたわらに立つ人たち、柩《ひつぎ》を下におろす人たち、
相続く季節季節を過ぎ、年々、その一つ一つはそれに先行するところのものから現わ
　れ出る不思議な年々を過ぎて旅する人たち、
いわば彼ら自身の別個の形相《ぎょうそう》の伴侶たちと一緒でのような旅する人々、
潜在してまだ実現されなかった嬰児期《えいじき》から歩みを進める者たち、

彼ら自身の青春と共に愉快に旅する人たち、彼らの髭《ひげ》が生えて、気立てのいい男らしさと共に旅する人たち、
豊富な、卓越した、満足した彼女たちの女らしさと共に旅する人たち、
男らしさ、あるいは女らしさのその人々みずからの崇厳な老年期と共に旅する人たち、
平静な、ひろがり伸びた、宇宙の誇らかな大度《たいど》で寛宏な老年期、
死の楽しい近づきの気安さと共に自由に流れる老年期。

一三

さあ、出発しよう！　それが無始であったように無終であるところのものへ、
日々の彷徨《ほうこう》、夜々の憩いを重ねて多くの艱難《かんなん》を耐え忍び、
彼らが向かっている旅、また彼らが向かっている日々夜々のすべてに没入し、
さらにより高次の旅路の発足に当たってそれらを没入するために、
君たちがそれに達することができてそれを通り過ぎるところのもの、それ以外の何も

のをも、いずこいかなるところでも見ることのないように、
君たちがそれに達することができてそれを通り過ぎるところのもの、それ以外の時などいうものは、たといそれがいかに遠方においてでも考え出すことがないように、
どんなに長かろうとそれはのび続いて君たちを待っているだけなのだが、それはただのび続いて君たちを待つ以外の何ものでもない道路を見上げ見下ろすことのないように、
〝神〟の実存なり、また君たちもまた同様にその方へ行く実存以外のどんな実存も見ることのないように、
労することも、買収することもなしにあらゆるものを享楽し、しかもその一小片をすら分け取ることなしに饗宴《きょうえん》を分け取りながら、君たちはそれを保有してもかまわない以外のどんな保有をも見ることがないように、
百姓の畑と富者の風雅な別荘の最もよきもの、似合いの夫婦の純潔な授かった恵沢《けいたく》、
果樹園の果実と苑《その》の花を獲得するために、
君たちが越えて通り過ぎるとき、人口の稠密《ちゅうみつ》した都市から君たちの役に立つものを獲

得するために、
君たちが行くところはどこだろうとその後に諸建築物や街路街路を君たちの道連れとして持ち運ぶために、
君たちが彼らに出会うとき、彼らの脳髄からは人知を結集し、彼らの心臓からは愛を結集するために、
君たちが君たちのあとに人々を残したのに代えて、途上で君たちのために君たちの愛人たちを道連れにするように、
一筋の道路としての、多くの道路としての、旅する霊魂たちのための道路としての宇宙それ自体を知るために。

あらゆるものは霊魂の前進のために離れ去る、
あらゆる宗教、あらゆる中空でない事物、芸術、政治組織――この地球上の、あるいはまたどんな地球のうえにあってもかつて顕在しあるいは現に顕在するところのあらゆるものは宇宙の堂々たる道路に沿っての霊魂の行進を前にしては壁龕《へきがん》や人目の

届かない場所となる。

宇宙の堂々たる道路に沿っての男女の霊魂の前進についていえば、すべての他の進歩は必要な表象であり、栄養である。

いつまでも生き生きとして、いつまでも前方へと、
堂々と、荘重に、悲痛に、引っ込んで、もがいて、物狂おしく、手に負えず、弱々しく、不満足で、
絶体絶命に、誇らかに、溺愛《できあい》して、人々に受容され、人々に排斥され、
彼らは行く！　彼らは行く！　わたしは彼らが行くのを知っている、が、彼らがどこへ行くかは知らないのだ、
だが、わたしは彼らが最もよきものの方へと行くことだけは知っている——偉大な何ものかの方へと。

君たちは誰であってもよろしい、出て来たまえ！　男でも女でもかまわない、出て来たまえ！
たとい君たちがそれを建てたにしても、あるいはまたたとい君たちのためにそれが建てられたのだとしても、そこの家のなかに眠ったり、いちゃついたりして止まっていてはならないのだ。

暗黒な閉じ込めから出ることだ！　垂れ幕のうしろから出ることだ！
抗弁することは無駄だ、わたしはすべてを知ってそれを暴露《ばくろ》するのだ。

他のものと同じように不道徳な君たちを通して見る、
人々の哄笑《こうしょう》、舞踏、食事、喫茶を通して、
衣装や装身具の内側に、それらの塗りたてられ、手入れされた顔の内側に、
秘密な、無言の厭悪《えんお》と絶望を見る。

どんな良人も、どんな妻も、どんな友人も告白を聞かせるために信頼はされなかった、
他の自分自身、どの人間の複同者もこそこそ隠れ、それを押しかくして行く、
都市の街路街路を越えて形なく、また言葉もなく、客間では礼儀正しくそして物柔らかに、
鉄道の客車でも、蒸気船でも、公開の集会でも同じに、
男たちや女たちの家々に帰っても、食卓でも、寝室でも、どこにあっても同じに、
粋に着装った微笑をうかべた顔、すっきりした肢体《したい》、胸骨の下には死、頭蓋《ずがい》骨の下には、
広幅高級黒羅紗《ラシャ》と手袋の下には、リボンと造花の下には地獄、
習慣を見事に守り、それ自体の一綴音《ていおん》も語ることなく、
他のことは何でも口にするが、それ自体のことについては決して語ることをしない。

一四

さあ、出発しよう！　悪戦苦闘をつき抜けて！

決められた決勝点は取り消すことができないのだ。

過去の苦闘は成功したか？
何が成功したのだ？　君たち自身がか？　君たちの国家がか？　〝自然〟がか？
今こそ、わたしのいうことをよく了解したまえ――それはいかなる成功の成果からのものでもあるところの事物の本質のうちに準備されてある、何であるかは問題ではない、必要な、より大きな苦闘をするために何ものかが出て来るだろう。

わたしの呼ぶ声は戦闘の呼びかけだ、
わたしと同行する彼はよく武装されなければならぬ、
わたしと同行する彼はしばしば空《から》っぽの胃の腑《ふ》、貧乏、憤激した敵、遺棄と一緒に行くのだ。

一五

さあ、出発しよう！　道路はわたしたちの前にある！

それは安全だ――わたしはそれをためしたのだ――わたし自身の両足はよくそれをためしたのだ――引き止められてはならない！

事務机のうえの紙は白紙のままで残し、棚のうえの書物は開かれずに放置せよ！

工具類は仕事場にほうっておけ！　金など儲《もう》けられることなくほうっておけ！

学校は突っ立たせておけ！　教師の絶叫など気にするな！

説教者は説教壇で勝手に説教するがいい！　弁護士は法廷で弁護するがいいし、裁判官は法律の解釈をつづけるがいい。

仲間よ、わたしはわたしの手を君たちに与える！

金銭よりも一層貴重なわたしの愛を君たちに与える、

説教や法律よりもまずわたしはわたし自身を君たちに与える、
君たち自身をわたしにくれないか？　わたしと一緒に旅に出ないか？
わたしたちが生きている限りお互いにしっかり離れずにいようではないか？

〝答える者〟の歌

一

まあ、わたしの朝の物語詩曲を聴きたまえ、わたしは〝答える者〟の符号を語るのだ、
わたしは都市と田園に向かって歌う、今しもそれらはわたしの眼前に、太陽の光の中
　に延びひろがっている。

一人の若者が彼の兄弟からの消息を持ってわたしのところへやって来る、
彼の兄弟のどこからのものか、またいつのものかをどうしてこの若者に知らせてやる
　ことができよう？
符号をわたしへ送るように彼に告げたまえ。

そこでわたしはこの若者の前に面と向かって立つ、そして彼の右の手をわたしの左の手で握り、彼の左の手をわたしの右の手で握る、
それからわたしは彼の兄弟と、また人々のために答え、そしてわたしはあらゆるもののために答えるところの彼のために答え、またこれらの符号を送るのだ。

あらゆるものは彼を待ち、あらゆるものは彼に屈従する、彼の言葉は決定的でまた最後的のものだ、
彼らは彼を受容し、彼のうちに沐浴《もくよく》し、彼において光のただ中でのように彼ら自身たちがわかる、
彼らは彼を熱中させ、また彼は彼らを熱中させる。

美しい女、最も誇り高い国家、法律、風景、民衆、動物、
幽玄な大地とその属性、そして落ち着きがない大洋、（こうわたしの朝の物語詩曲は

語る）
あらゆる享楽と財産、そして金銭、それに金銭で購《あがな》い得る限りのどんなものも、
最良の農園、他の人々は労役し種子を蒔《ま》く、そして彼は避けることができないように
　収穫する、
最も高貴で、最も立派な都市、他の人々は勾配《こうばい》をゆるくし、家を建てる、そして彼は
　そこに居所を定める、
誰かのための何ものでもないもの、だが、彼のためのもの、沖がかりの船の近いのも
　遠いのも彼のためのものなのだ、
陸上の絶え間ない盛観も、行進も、もしそれらが何びとかのためのものであるならば、
　彼のためのものなのだ。

彼は事物をそれらそのままの姿勢にしておく、
彼は今日というものを形成力と愛とをもって彼自身から外に追い出す、
彼は彼自身の時代を、回想を、両親を、兄弟そして姉妹を、協同団体を、業務を、政

治をそのあるところに位置づける、そうすることになれば他のものたちはあとになって決してそれらを辱《はずか》しめることもないし、またそれらを支配しようと出しゃばることもないのだ。

彼は〝答える者〟である、答えられるところのものは何でも彼は答える、そして答えることができないところのものはどうして彼が答えることができないかを示す。

一人の人間は召集令であり、挑戦状である、

(潜《ひそ》みかくれることは無駄である──君はあの嘲笑と哄笑を聞くか？　君は皮肉に言われた反響を聞くか？)

書籍や、友好関係や、哲学者たちや、僧侶たちや、行動や、悦楽や、矜持《きょうじ》は満足を与えようとしてあっちこっちを踏みつけて捜す、

彼は満足を指示する、同時にまたあっちこっちを踏みつけるところのそれらのものを
指示する。

いずれの性であろうと、いかなる季節、どんな場所であろうと生き生きと、物静かに
昼夜の別なく安全に彼は行くだろう、
彼は心の合鍵《あいかぎ》を持っているのだ、彼に対しては把手のうえの手の窺覗《うかがい》の返事があるのだ。

彼の歓迎は万人共通だ、美の氾濫でも彼があるより以上により歓迎され、またより万
人共通ではない、
昼は昼で彼の気に入り、夜は夜で彼と一緒に眠るものは祝福されたものだ。

どんな存在もその慣用語を持っている、どんな事物も慣用語と言葉を持っている、
彼はあらゆる言葉を彼自身のものに変形させて人々に与える、そしていかなる人も翻
訳し、またいかなる人も同時に彼自身を翻訳する、

一部分は他の部分を妨害することはない、彼は結合者だ、彼はどんな風にそれらが結合するかを見るのだ。

〝皆さん、ご機嫌よう！〟と、接見日の大統領に向かって彼は無頓着に同じようにいう、また〝今日は、兄弟〟と、砂糖黍畑で耕作する作男に向かっていう、

そして両方とも彼のいうことをよく了解して、彼の言葉が正しいものであることを知るのである。

彼は国会議事堂のなかを完全に落ち着いて歩く、

彼は国会議員にまじって歩く、そして一人の代議員はもう一人のものにいうのである、

〝ここにいるのは新登院の、新しいわたしたち同様の相棒ですよ。〟

それから機械工たちは彼を機械工だと見なす、

また兵士たちは彼を兵士であろうと想像し、水夫たちは彼を水夫になったものだろう

と思う、
また著作者たちは彼を著作者だと見なし、美術家たちは彼を美術家だと思う、
また労働者たちは彼を彼らと一緒になって働くことができ、彼らを愛することができるだろうと考える、
どんな仕事であろうと問題ではない、彼はそれに従事するものであり、それに従事して来たものだ、
どこの国民であろうと問題ではない、彼は彼の兄弟姉妹をそこに見いだすのだ。
イギリス人は彼が彼らイギリス人の系統から来たものであるのを信じ、
ユダヤ人には彼がユダヤ人であると見え、ロシア人にはロシア人として誰とも違うところのない、普通にあるような、親近なものに見えるのだ。
彼がのぞき込む旅人専門のコーヒー店では誰もが彼を自分のものだとする、
イタリア人あるいはフランス人はきっとそうする、ドイツ人もきっとそうする、スペ

イン人もきっとそうする、そしてキューバ島人もきっとそうする、
米カ国境の五大湖、あるいはミシシッピー川や、セント・ローレンスや、サクラメントや、ハドソンやパウマノク入江の機関士、水夫たちは彼を自分のものだとする。

完全な血統の紳士は彼の完全な血統を是認する、
侮辱を加える者、金銭で左右される者、怒る者、乞食は彼なりの方法で彼ら自身たちを見る、彼は奇妙にその人々を変形する、
その人々はもはや卑しいものではない、その人々は自分たちがそんなにも成長したのを知らないのだ。

二

示度《しど》と、そして時間の計算、
完全な判断の公正は達観した人たちの中の主人公であることを示す、

時はつねに中断なしに部分でそれ自身を指し示す、
つねに詩人を指し示すところのものは愉快な歌い手たちの仲間の連中であり、彼らの言葉である、
歌い手たちの言葉は光と闇《やみ》の時であり、分である、しかるに詩の作者の言葉は普遍的な光と闇だ、
詩の作者は正義と実在と不朽を処理する、
彼の洞察と能力とは事物と人類を包容する、
彼はこのようにまで事物と人類の栄光であり、精髄であるのだ。

歌い手は産み出しはしない、〝詩人〟だけが産み出す、
歌い手たちは頻繁に現われて歓迎され、理解された、ところが、詩の作者〝答える者〟の生誕の日は点と同じようにひどくまれだ、
(あらゆるその名称にもかかわらず、毎世紀、あるいは毎五世紀もそのような日を包含しはしないのである。)

幾世紀もの相続く時の歌い手たちも表面的な名称は持つだろう、だが彼らの一人一人の名称も歌い手たちの一つなのだ、
その一人一人の名称は、目の歌い手、耳の歌い手、頭の歌い手、甘ったるい歌い手、夜の歌い手、客間の歌い手、恋愛の歌い手、奇怪な歌い手、あるいはその他の何ものかである。

全くこの時も、またいかなる時も真の詩の言葉を待っている、
真の詩の言葉は単に悦ばせるものではない、
真の詩人たちは美の追随者たちでないばかりではなく、美の偉大な支配者たちである、
息子たちの偉大さは母たちや父たちの偉大さのにじみ出たものであり、
真の詩の言葉は科学の飾りの総《ふさ》であり、最終の称揚である。

神聖な本能、幻想の雄渾《ゆうこん》、理性の法則、健康、肉体の自然の状態、引っ込み思案、

快活、太陽に焼ける、空気の甘美さ、このようなものが詩の言葉のいくつかだ。
船員や旅行者は詩の作者〝答える者〟の土台をなすのだ、
建設者、幾何学者、化学者、解剖学者、骨相学者、美術家、すべてこれらの人々は詩の作者〝答える者〟の土台をなすのだ。

真の詩の言葉は君に詩以上のものを与える、
それらは君自身で、詩や、宗教や、政治や、戦争や、平和や、行動や、歴史や、評論や、日常生活、それに他のどんなものをも形づくらせるものを与える、
それらは階級を、皮膚の色を、人種を、信仰科条を、男女を平衡させる、
それらは美を捜しはしない、それらは捜されたのだ、
いつまでもそれらに接触し、あるいはそれらに密着するものは慕い、欣《よろこ》び、恋々として美に追随するのである。

それらは死の準備をする、しかもそれらは終末ではなくて寧ろ最初だ、
それらは彼の、あるいは彼女の終点を持って来るのでもなければ、満足させ、充実させるものでもない、
それらが選んだ人々をそれらは空間へつれて来て、星々の生誕を見せ、旨意の一つをわからせ、
こうして絶対の信頼をもって送り出し、終わりなく環列するものどもを越えて、二度と静止することがないように急過させるのである。

前庭に終わりのライラックが花咲いたとき

一

前庭に終わりのライラックが花咲き、
また夜、西方の空に大きな星が早々と沈んだとき、
わたしは嘆き悲しんだ、そしてなおいつもかえって来る春と共に嘆き悲しむことであろう。

いつもかえって来る春よ、三つのものを必ず君はわたしに持って来てくれる、
花咲く多年生のライラックと西方に沈む星と、
それにわたしの愛する彼の思い出とを。

二

おお、強力な、西方の落ちた星よ！
おお、夜の影――おお、陰気な、涙を流させる夜よ！
おお、大きな星は姿を消した――おお、その星を隠す暗澹《あんたん》たる闇よ！
おお、救いもなくわたしを捉える残虐な手よ――おお、わたしのよるべない霊魂よ！
おお、わたしの霊魂を自由にさせないところの無情なとりまく雲。

三

古い百姓家に面する前庭のなか、白く塗られた板塀に近く、
丈高く生い茂るライラックの木叢《こむら》が立っている、豊かな緑の心臓《ハート》形の葉をつけ、
優しく美しくのび上がるたくさんの先とがりの花をつけ、わたしの好きな強烈な匂い

を放ち、
一枚一枚の葉に奇跡をつけ——そして前庭のこの木叢から、
優しく美しい色の花房と豊かな緑の心臓形の葉をつけて、
一本の小枝を、その花も一緒にわたしは手折《たお》る。

四

沼沢地のなか、僻遠《へきえん》な人目につかぬところで、
一羽の内気な隠れた小鳥が歌をさえずっている。

ひとりぼっちの鶫《つぐみ》、
人里を避けて自分から身を退いたその隠遁《いんとん》者は、
ただひとりで歌をうたっている。

血の出る思いの咽喉《のど》の歌、
生命の死の出口の歌、（なぜとなれば愛する兄弟よ、わたしはよく知っている、
もし君がうたうことを許されなかったならば、君は死ぬにちがいないことを。）

五

春や、田舎や、都会の胸のうえの、
細径の真っただ中を、また老木の森を通り抜け、そこはこの頃菫《すみれ》が大地からのぞいて
　灰色の堆積物を点綴《てんてい》している、
細径の両側の平野の草地の真っただ中を、果てしのない草原を過ぎ、
暗褐色の耕地で一粒ごとにそのきょうかたびらを脱いで起き上がって、黄金色の穂を
　つけた小麦畑を過ぎ、
果樹園の白と桃色の林檎《りんご》樹の花咲くところを過ぎ、
それが墓場にあって休息するだろうところへと運ばれる一つの亡骸《なきがら》、

夜となく昼となく一つの柩《ひつぎ》が旅する。

六

細径や街路を越えて過ぎてゆく柩、
昼夜をわかたず越える、国土を暗澹《あんたん》たらしめるおびただしい量の暗雲を伴い、
黒一色に布でおおわれた都市を一緒に、巻きたたまれた旗の華やかな盛儀を伴い、
立ちつくしているクレープで面紗《ベール》した女たちのような諸州自身たちの表示を伴い、
長くうねうねした行列と夜の篝火《かがりび》を伴い、
ともされた数知れない炬火《たいまつ》を伴い、沈黙した多くの顔々と被りものをした頭を伴い、
待っている小駅、到着する柩、そしてまた憂鬱な顔々を伴い、
夜通しの葬送歌曲をともない、強くまた厳粛に高まる多勢の声音を伴い、
柩をめぐってそそがれる葬送歌曲の悲嘆に沈む声音のかぎりを伴い、
薄暗く灯のともった教会とおののきふるえるオルガンの音と――これらの真っただ中、

そこをあなたは旅する、
葬鐘のやむときない音色の響きを伴い、
ここを遅々として過ぎてゆく柩、
わたしはわたしのライラックの小枝をあなたに捧げる。

七

（ただあなたのため、ただ一人のためだけではない、
わたしの持って来るすべて、花々や緑の枝々は数々の柩へなのである、
なぜとなれば朝のように生き生きと、このようにしてわたしはあなたのために歌をうたおうとするのだ、おお、穏健で、聖なる死。

すっかりバラの花束で、
おお、死よ、わたしはバラと早咲きの百合であなたをおおう、

だが、大方いまは初花をつけたライラックをもって、
わたしはかの叢《くさむら》からふんだんに小枝を折り取り、折り取り、
両腕にいっぱい抱えて来てわたしはあなたのためにふりかける、
あなたのため、またあなたのすべての柩のために、おお、死よ。)

八

おお、上天を帆走る西方の円球よ、
今こそわたしは君が示さねばならぬことを知るのである、わたしが歩いてから一と月
　たった時、
透明な現《うつつ》のものでないような夜を無言でわたしが歩いた時、
夜ごとわたしの方に身をかがめて何事かを語ろうとした君をわたしが見た時、
あたかもわたしのそばへ来るように空から君が低く垂れ下がった時、(たとい他の星々
　はこぞって見守っていたとはいえ、)

厳粛な夜、一緒にわたしたちがさまよい歩いた時、（何ものを求めてなのだかわたしは知ることがなかったが、そのものはわたしを眠らせなかった、）
夜がふけて、わたしが西の空の辺縁に、どんなにか悲しみに閉ざされていた君を見た時、
冷ややかな、透明な夜の、微風に吹かれて小高い地上にわたしが立った時、
君が通り過ぎて、夜の、下へ下りる黒さのなかに姿をかくしたところをわたしが見守った時、
わたしの霊魂が心配しながら怏々《おうおう》として沈んだ時、そこにあって君、黒ずんだ円球が、盈《み》ちて、夜を訪れ、そして行ってしまった時。

九

そこの沼沢地でうたいつづける、
おお、はずかしがりで心やさしい歌い手よ、わたしは君の呼び声を聞く、
わたしはそれに応じてすぐ来る、わたしは君のいうことがわかる、

だが、一瞬時わたしはためらう、それは光った星がわたしを引きとめたからである、
わたしの別れてゆく仲間の星がわたしをつかまえて引きとめる。

一〇

おお、そこにいるわたしが愛した死者のために、わたしはどのようにわたし自身を歌えばいいのだろうか？
また死んで行ったところのわたしの偉大でやさしい霊魂のために、わたしはどのようにわたしの歌を飾ればいいのだろうか？
またわたしの愛する彼の墓のためのわたしの薫香《くんこう》は何であるべきだろうか？

東から、また西から吹く海風、
東方の海から吹き、また西方の海から吹いて、いずれはそこ無樹の大草原のうえで相会う、

それら、そしてそれらと一緒にわたしの歌のささやきで、
わたしはわたしの愛する彼の墓を薫《かお》らそう。

二

おお、寝部屋の壁のうえには何を掛ければよかろうか?
そしてその壁のうえに掛ける絵はどんなのであるべきだろう、
わたしの愛する彼を葬る家を装い飾るには?

成育を促す春と、農園と、住家の絵——
そこには日没時の第四の月の夕暮、そして平静でかがやかな灰白色の煙霧があり、
空を燃え上がらせ、膨張させる、華やかに、懶惰《らんだ》な沈んでゆく太陽の黄金色の氾濫が
あり、
足もとの生き生きした香ぐわしい草と果樹の薄緑の葉がある、

遠方にはここかしこに風が斑《ふ》をつけて流れる光沢と、川の胸、
岸にはうち連なる小丘、空をかぎる多くの線、そして陰影、
また近くの人口が稠密《ちゅうみつ》し、煙突の林立した都会、
また生活のあらゆる情景と、作業場と、家路へ戻ってゆく労務者たち。

一二

見よ、肉体と霊魂——この国土を、
尖塔と、泡立ち急ぐ潮と、船のあるこの自分のものであるマンハッタンを、
変化多い豊饒《ほうじょう》な国土、日光のなかの〝南部〟と〝北部〟を、オハイオの岸辺と、奔流
　するミズリーを、
また草と玉蜀黍《とうもろこし》でおおわれた、どこまでも遠く延びひろがっている無樹の大草原を。
見よ、そんなにも平静で、雄大な、この上なく素晴らしい太陽を、

やっと感じた微風をともなった菫色《すみれいろ》の、紫色の朝を、
物静かな、温和な生まれの無限の光を、
あらゆるものを浸して延びひろがる奇跡、完遂された正午を、
甘美な近づく夕を、星々が、
わたしの都市のうえにあってあらゆるものを照らし、人間と大地を包む歓び迎えられる夜を。

一三

歌いやむな、歌いやむな、君、灰褐色の鳥よ、
歌え、沼沢地から、隠れ場所から、濺《そそ》ぎ出せ君のうたを、叢《くさむら》から、
薄暗がりの中から、杉や松の木立の中からいつまでも。

歌いやむな、最愛の兄弟よ、君の蘆笛《あしぶえ》のような鋭い音の歌をさえずれ、

この上ない痛苦の声音をともなった人間の歌を高音に。
おお、流暢《りゅうちょう》で、自由で、心優しい!
おお、粗野で、わたしの霊魂を自由自在にする——おお、驚くべき歌い手よ!
わたしが聞くのは君のうたう歌だけだ——しかも、かの星はわたしをつかまえている、
(だが、やがて去ってゆくだろう、)
しかも支配権をもつ香気でライラックはわたしをつかまえている。

一四

さて、わたしが真昼にすわっていた間も見渡したのだった、
残光と、春の耕地と、彼らの種子の準備をしている農夫たちも一緒に一日の夕暮のなかに、
湖沼も森林もあるわたしの国土の大きな知らず識《し》らずの風景のなかに、

秀麗な大気の美のなかに、（攪乱《こうらん》された風と嵐とのあとの、）
迅速に過ぎてゆく午後の弧形になる天空と子供たちや女たちの声々の下に、
ひっきりなく移動する海潮を、そしてわたしは見たのだ、どんなようにして船が帆走ったかを、
また豊饒《ほうじょう》をともなって近づいて来る夏を、また労働にかかりきる耕地を、
また無数の離れ離れの家で、どんなに人々すべてがその一つ一つで、その食事や日常の習慣の細々《こまごま》したことどもと一緒に暮らしつづけているかを、
またどんなにかそれらの脈搏《みゃくはく》のドキドキした街路を、また閉じ込められた都市を――
見よ、その時、そこに、
それらすべてのうえに、またそれらすべての間に垂れ下がり、他のものと一緒にわたしを包んで、
雲が現われた、長い黒い光芒《こうぼう》が現われた、
そしてわたしは死を、その想念と、死の神聖な認識とを知ったのだった。

こうして、歩くとき死の認識をわたしの一方の側に伴い、
また死の想念をわたしの他の側にぴたりとつけて歩く、
そして友達と一緒でのようにわたしがその真ん中にいる、それは友達の手をつかまえているようにである、
わたしは物いうことをせぬ夜を迎える隠れ場所へ、
水辺へ、ほの暗い沼沢のそばの小径へと下りてゆき、
押し黙った、厳粛な葉の繁茂する杉や妖霊《ようれい》のような松の木立の方へ遁《のが》れ出るのだった。

そして他の人々に対してはそんなにもはずかしがりの歌い手はわたしを迎えたのだ、
わたしの知っているかの灰褐色の鳥は三人の友達仲間であるわたしたちを迎えたのだ、
そして彼は死の祝歌を、またわたしの愛する彼のための一篇の詩をうたったのだった。

深々と隔絶した隠れ場所から、
芳香をみなぎらす杉や、押し黙った妖霊のような松の木立から、

その鳥のさえずりは聞こえて来たのだった。

その鳥のさえずりの魅力はわたしを恍惚《こうこつ》たらしめる、
それはちょうどわたしが、夜、わたしの仲間の手をとったのと同じようにだった、
そしてわたしの精霊の声はその鳥の歌と割符を合わしたのだった。

〝来たれ、愛らしい慰撫《いぶ》する死よ、
波形を描いて世界をめぐり、悠々と到着し、到着する、
昼も、夜も、あらゆるものに、一つ一つに、
おそかれ早かれ優しい死は。

うかがい知ることのむずかしい宇宙よ、称《たた》えられてあれ、
生と歓喜のために、また不可思議な物象と認識のために、
また愛、甘美な愛のために——ただ称えよ！　称えよ！　称えよ！

冷ややかに抱擁する死のあやまりなくからみつく腕のために。

物柔らかな足で常に近くを音もなく静かに歩いている憂鬱な母よ、
おん身のために充分な歓迎の歌をうたったものは無かったのか？
それならばわたしはおん身のためにそれをうたおう、わたしは何ものにもまさってお
ん身を栄光化しよう、
おん身がほんとに来なければならないとき、躊躇《ちゅうちょ》することなく来るように、歌をわた
しはおん身に持って来よう。

近づけ、力強い救いの女人よ、
それが実現したとき、おん身が人々をとらえたとき、わたしは喜んで、死者をうたう、
その死者はおん身の親愛な漂う大洋のなかに姿を失い、
おん身の至福の洪水のなかに洗われたのであった、おお、死よ。

わたしからおん身にたのしい夜曲を、
おん身に会釈しながらおん身のためにわたしは舞踏を申し込む、おん身のために装飾と饗宴《きょうえん》を、
そして広々とした風景の眺望と高くひろがる空はぴったりと合っている、
それに生活と耕地も、また巨大な、悲しい夜も。

無数の星々の下で押し黙っている夜、
大洋の岸辺と、その声音をわたしが知っているところのしわがれ声のささやく波浪、
そして霊魂はおん身の方をふり返る、おお、広大な、よく面紗《ベール》をした死よ、
そして肉体はおん身にくっついて、感謝して巣ごもるのである。

木々の梢を越えておん身、歌をわたしは漂わせる、
起伏する波浪を越え、無数の耕地と広漠たる無樹の大草原を越えて、
あらゆる稠密《ちゅうみつ》に群居した都市と人のうようよする埠頭《ふとう》や道路を越えて、

わたしは喜んでこの祝歌を漂わす、喜んでおん身に、おお、死よ。〃

一五

わたしの霊魂の割符へ、
高々と力強く灰褐色の鳥は飽くまで歌いつづける、
ひろがって夜を満たす調子にかなった念入りの音色で。

薄暗い松や杉の木立の中に高々と、
水分ある新鮮さと沼沢の香気のなかに冴《さ》え冴《ざ》えと、
そして夜をわたしはわたしの仲間と一緒にそこにいるのである。

その間、わたしの双眼の中に束縛《そくばく》されていたわたしの視界は開かれた、
幻想の長いパノラマへのように。

そしてわたしはながし目に軍隊を見た、
音もない夢の中でのように幾百とない軍旗をわたしは見た、
戦場の硝煙《しょうえん》の渦巻くなかに持って行かれ、弾丸で打ち貫かれたそれらをわたしは見た、
また硝煙をくぐり抜けてかなたこなたに持ち運ばれ、裂けて血染めになったそれらを、
またついには旗竿にはほんのわずかばかりの裂片だけしか残されていないそれらを
（そしてすべては押し黙っている、）
また全く裂け割られ、また打ち折られた旗竿を。

わたしは戦死者の屍《しかばね》を、それらの無数を見た、
また青年たちの白みがかった骸骨、わたしはそれらを見た、
わたしは戦争のあらゆる殺された兵士たちの堆積《たいせき》という堆積を見た、
だが、彼らは想像されたようなものではなかったのをわたしは見たのだった、
彼らは彼らで充分安息していたのだった、彼らは悩み苦しんではいなかった、

生きている者たちが残されて悩み苦しんだのだった、母が悩み苦しんだのだ、
そして妻が、子が、物思いに沈んでいる仲間が悩み苦しんだのだ、
また残った軍隊が悩み苦しんだのだった。

一六

幻影を通り過ぎ、夜を通り過ぎ、
仲間の手のつかまえているのを解いて通り過ぎ、
隠遁者《いんとん》である鳥の歌とわたしの霊魂の割符を合わせる歌を通り過ぎ、
戦勝の歌、死の出口の歌、しかも差異をつけ、絶えず変わる歌――
それは低く悲しむようではあるが、しかもなおその音色は冴え冴えと、あるいは起こりあるいはくず折れながら夜をみなぎり溢れさせ、
悲しげに打ち沈み、微かになり、警戒しまた警戒するようではあるが、しかもなお再び喜びで破裂し、

地上をおおい、天空のひろがりを満たす、
あの力のこもった賛美歌を夜中にわたしが隠れ場所から聞いたと同じように、
通り過ぎて、わたしは心臓形《ハート》の葉をつけるライラック、君を残し、
春と共に花咲き、戻って来る前庭、そこに君を残す。

わたしは君のためにわたしの歌をうたうのをやめる、
西方に面を向け、君と親しく語を交え、西方の君を熟視することもやめる、
おお、夜、蒼白《そうはく》の顔でかがやいている仲間よ。

しかも保ち続ける各々を、そしてその夜から思い出させられたことども残らずを、
歌、灰褐色の鳥の不思議な頌歌《しょうか》を、
わたしの霊魂のうちに呼びさまされた反響、割符を合わせる祝歌を、
苦悩でいっぱいの顔貌をした、光沢のある、沈んでゆく星と一緒に、
その鳥の呼び声に近づくわたしの手を引き止めたその引き止め手と一緒に、

わたしの仲間と、その真ん中にわたしはいるのだ、そしてそんなにもわたしの深く愛した死者のため、いつまでも保ちつづける彼らの追憶、
わたしの全生涯と国土の最も美しく、最も賢明な霊魂のため——そしてこれこそ愛する彼のため、
ライラックと、星と、鳥とはわたしの霊魂の頌歌とからみ合って、
かしこ、薄暗く朦朧《もうろう》と、香気を放つ松と杉の木立のなかにある。

おお、船長よ！　わたしの船長よ！

おお、船長よ！　わたしの船長よ！　わたしたちの難航は終わった、
船はことごとくの破滅を完全に切り抜けた、わたしたちが求めた褒賞はかち得た、
港は近い、鐘々の鳴る音をわたしは聞く、人々はすべて狂喜している、
こうしている間も部下は強固な竜骨を、厳然かつ大胆不敵な船を注視する。
　だが、おお、心臓よ！　心臓よ！　心臓よ！
　　おお、赤い出血の滴り、
　　　そこ甲板の上にわたしの船長は、
　　　　冷たく屍となって倒れ伏していたのだった。

おお、船長よ！　わたしの船長よ！　起ち上がって鐘々の鳴る音を聞きたまえ、

起ち上がりたまえ――君のために旗は打ち振られ――君のためにラッパはふるえて奏され、
君のために花束とリボンをつけた花環が飾られ――君のために岸々は人々が群がり、
君のために彼らは呼びかけ、動き揺れる大衆、彼らの熱心な顔々は向けられる。
それなのに船長よ！　親愛な父よ！
君の頭の下のこの腕よ！
これは甲板の上でのある夢なのだ、
君が冷たく屍となって倒れているのは。

わたしの船長は答えることをしない、彼の唇は色蒼ざめて動かない、
わたしの父はわたしの腕を感ずることをしない、彼の脈搏はやみ、意志の働きも止まっている、
船は完全につつがなく帰投した、その船の航海は完結し、そして終わった、
懸念された航海から、勝者である船は目的としたものをかち得て入港する。

おお、岸々の狂喜、そしておお、鐘々の打鳴よ！
だが、わたしは悲しみでいっぱいの足どりで、
わたしの船長が冷たく屍となって倒れ、
横たわっている甲板を歩くのだ。

――〝リンカン大統領の追憶〟

計画に失敗したヨーロッパの一革命党員に

もっと勇気を出したまえ、わたしの兄弟、わたしの姉妹よ！
がんばれ――〝自由〟はどんなことが生起しようとも助長されなければならぬ、
こんなことは物の数ではないのだ、一度や二度の失敗、あるいは度重なる失敗で、
あるいは民衆の無関心、忘恩によって、あるいはどのような不忠実かのために、
あるいは権力、軍隊、火砲、刑法の長尖歯の見せつけで鎮圧されたことなど。

わたしたちが信頼するところのものは、いつもあらゆる大陸を一貫し、潜伏して待つ、
何びとをも招かず、何ごとをも約束せず、平静に、生き生きした顔つきですわってい
　て、実証的かつ沈着で、意気沮喪《そそう》を知らず、
忍耐強く待ち、その時を待っている。

（これらは忠誠の歌だけではなく、
同時に反乱の歌なのである、
なぜとなればわたしは全世界のあらゆる不屈不撓《ふとう》な反逆者の盟約した詩人で、
わたしと一緒に行く彼は彼の背後に平和と日常の仕事を残し、
いかなる時に際しても彼らの生命を捧げつくすことを主張するからである。）

戦闘は多くの烈しい非常号音と累次の進出と退却とをともなって荒れ狂い、
不信者は勝利を得、あるいは彼が勝利を得ると想像し、
牢獄、絞首刑、絞殺追剝刑、手錠、鉄の首枷《くびかせ》、それに鉛丸はそれらの活動を始め、
有名無名の英雄たちが他の世界に過ぎてゆき、
偉大な演説家たちや作家たちが流刑に処せられ、遠国にあって病床に横たわり、
主張は麻痺《まひ》して、最も強力な咽喉をしたものも彼自身の血で咽喉をふさがれ、
若い人々も彼らが相会したとき地上に向かって彼らの睫毛《まつげ》を垂らす、

だが、こんなことには関わりなく自由はその占めた場所から出て行ってもいなければ、
不信者が全部を占拠したのでもないのである。

〝自由〟がその占めた場所を出て行くときは、一番目に行くものではないのだ、また
二番目でも、さらに三番目でもない、
それは他のものたちすべてが出て行くのを待っている、それは最後だ。

英雄たちや殉教者たちの記憶がもはや存在しなくなったとき、
またあらゆる生命と男女のあらゆる霊魂が全地のいかなる部分からも追い出されたとき、
そのときだけが自由あるいは自由の理念が全地のその部分から追い出され、
不信者が全部を占拠しに来ていいのである。

だからヨーロッパの反乱者、婦人反乱者よ、勇気を出したまえ！
そのゆえはあらゆるものが終熄《しゅうそく》するまで、それと同様に諸君は終熄してはならないのだ。

わたしは諸君が何のためのものであるかを知らない、(わたしはわたし自身でも、わたしが何のためのものであるかを知らない、と同様に何ものかが何のためであるかを、)

だが、たとい計画に失敗したにしても注意深くそれを尋ね求める、敗北しても、貧乏しても、誤解されても、投獄されても——なぜならそれはまた偉大だからである。

わたしたちは勝利を偉大であると考えただろうか?

それはその通りだ——だが、今こそわたしには万やむを得ない場合には失敗も偉大であり、

そして死と失望落胆もまた偉大であると思えるのである。

獄舎の中の歌い手

一

〝おお、哀れみと、慚愧《ざんき》と、痛苦の光景よ！
おお、おどおどした気の配り――囚人の霊魂。〟

獄舎の、行廊に沿って復唱句が響き、
屋根、上方の天の円天井へと上昇し、
それに似たものはどこからもかつて聞かれたことのなかった諧調の洪水と、そんなにも物思わしげな甘く強い調子で注がれ、
彼らの歩みをとどめたところの遠方の見張り人や武装した看守にまでもとどいて行って、

聴くものの脈搏を恍惚《こうこつ》と畏怖とのために搏《う》つことをやめさせる。

二

ある冬の日のこと、太陽はすでに西方に低かった、
そのとき盗賊たちや国法を犯した人々の間を、一すじの狭い脇側を下って、
（そこには酷薄な顔をした殺人者や悪賢い詐欺師やらが何百人となくすわって、
獄舎のかこいのなかの教会堂に日曜日を集まっていた、ぐるりには看守たちが、
大勢、しっかりと武装して、油断のない目で見張っている、）
静かに一人の淑女《しゅくじょ》が双の手にそれぞれ幼いあどけない子供の手をひいて歩みを運んで
きて、
その幼児たちを説教壇のうえの彼女のそばの腰掛のうえにすわらせる、
彼女はまず楽器をもって序曲を奏する、低音の調子のよい前奏曲を、
たとえるものもない声で、異様な古聖歌を唱い出した。

柵と帯金でがんじがらめされた霊魂は、
叫ぶ、救いよ！　おお、救いよ！　と、そして彼女の双手をかたく握り、
彼女の双眼を盲《めし》いさせて、彼女の胸を出血させる、
それでも赦《ゆる》しは見いだされないし、休息の慰撫もない。

やむ時もなく彼女はかなたこなたに歩く、
おお、心の痛む日々よ！　おお、苦悩の夜々よ！
友の手もなく、愛する顔もなく、
恩寵《おんちょう》も来なければ、特免の言葉もない。

罪を犯したものはこのわたしではなかった、
残酷な肉体がわたしをひきずり込んだのだった、
わたしは雄々しくいつまでも闘ったけれども、

〝肉体〟はわたしにとってあまりにも重荷であった。

愛する囚《とら》われの霊魂よ、しばらく耐え忍べ、
やがてのこと必然的な神恩が、
おん身をして自由ならしめ、おん身を家につれ戻す、
天の赦罪者《しやざい》、死は来るであろう。

〝もはや囚人ではない、慚愧もなければ痛苦もない！
出発せよ——〝神〟が解き放した霊魂よ！〟

三

かの歌い手はうたいやんだ、
彼女の澄んだ物しずかな双の目からの瞥見《べっけん》が、あらゆるこれらの上に向けられた顔々

のうえを掠め過ぎた、
獄舎の顔々の不思議な海、無数の変化のある、狡猾《こうかつ》な、残忍な、傷あとのある、そして美しい顔々、
それから立ち上がって、彼らの間のあの狭い脇側を通って帰って行く、
そのとき彼女の長上着が人々に触れて静寂の中にサラサラと音を立てながら、
彼女は彼女の子供たちをともなって薄暗いなかに消えて行った。

一方、囚人や武装した看守たちがどよめくに先立って、彼らすべてのうえに、
(囚人は獄舎を忘れ、看守は彼の装塡《そうてん》したピストルを忘れる、)
無言と躊躇《ちゅうちょ》が、驚異でいっぱいの瞬間が落ち込んで来た、
深い半ば窒息したすすり泣きと身を屈めて涕泣《ていきゅう》するまで感動させられた悪漢たちのざわめきと、
そして若きものの痙攣《けいれん》するような息づかい、家郷の追想、
子守唄をうたう母の声、姉妹の心づかい、幸福な少年時代でもって、

長い間閉じ込められていた魂は追憶へと目ざまされたのだった、
そのときの驚異でいっぱいの瞬間——だが、その後のうら寂しい夜に、多くの、そこの多くの人々に、
幾年もたった後、死の時でも、痛ましい復唱句は、その曲、その声、その言葉は、
再び始められた、かの長身の物しずかな淑女はあの狭い脇側を歩き、
もう一度あの咽《むせ》ぶような諧調、獄舎の中の歌い手は歌う、

〝おお、哀れみと、慚愧と、痛苦の光景よ！
おお、おどおどした気の配り——囚人の霊魂。〟

十字架のうえにはりつけせられた〝彼〟に

わたしの精霊を、愛する兄弟よ、おん身のものにする、
多くの人々がおん身の名を声高に称えて、しかもおん身を理解しないのを気にかけたもうな、
わたしはおん身の名を声高に称えはせぬ、だが、おん身を理解している、
わたしは歓喜をもっておん身を明確に証言する、おお、わたしの仲間、おん身に敬礼する、そしておん身と現在一緒にある人々や、以前に、また今まであった人々、また同様に来たるべき人々に敬礼することを、
すなわち、わたしたちすべては共に働き、同一の負担と継承とを伝達するのであり、
わたしたち少数の平等なものたちは国土にも無関心なれば時代にも無関心であり、
わたしたちはあらゆる大陸、あらゆる階級の包含者たち、あらゆる神学の承認者たち、

同情者たち、認知者たち、人と人との間をとりもつもの、

わたしたちは論争と固執《こしゅう》との間を黙って歩く、が、論争者を拒むのでもなければ、固執せられたいかなるものをも拒むことはせず、

わたしたちは喚《わめ》き立てと喧噪を聞き、わたしたちはどっちを向いても分裂や、嫉妬や、互訟によって押し寄せられている、

それらのものたちは、わたしの仲間よ、わたしたちを取りかこんでわたしたちに理不尽に迫るのだ、

しかもわたしたちは束縛《そくばく》されず、自由に、全地のうえを歩み、わたしたちの消すことのできない記号を時とさまざまの時代のうえにわたしたちがしるすまで、あちらこちらを旅しつづけるのだ、

諸民族の男女が、未来永劫《えいごう》、現在わたしたちがあるように同胞であり、愛人たちであることを証拠立てるように、時と時代をわたしたちが飽和するまで。

君、法廷で審判される重罪犯人たち

君、法廷で審判される重罪犯人たち、
君、獄窓の中にある囚人たち、君、鉄鎖につながれ、手錠をかけられた既決の暗殺者たち、
わたしは審判もされないし、獄舎の中にもいないが、わたしはまた一体何者なのだ？
わたしの腕関節は鉄鎖でつながれてもいないし、踝《くるぶし》は鉄がつけられてはいないが、どんなものとも同様に残忍無道で、悪党のわたしではないか？

君、歩道上を意気揚々と闊歩し、自分の部屋では淫猥《いんわい》をきわめる売笑婦たち、
君をわたし自身よりも一層淫猥をきわめるものだと呼ばなければならぬところのわたしは一体何者だ？

おお、罪がある！　わたしは認める――わたしは事実を申し立てる！
（おお、賛美者諸君、わたしをほめてくれたもうな――わたしにお世事を言ってくれたもうな――諸君はわたしをビクビクさせる、
諸君が見ることをせぬものをわたしは見る――諸君が知らないことをわたしは知っているのだ。）

これらの胸骨の内側にわたしは汚れ、窒息して横たわっている、
こんなにも無感動に見えるところのこの顔の下方には、地獄の潮が絶えず流れている、
肉欲と邪悪とをいつでもわたしは受け容れる、
わたしは激情的な愛と道連れで、納税を怠る者と一緒に歩く、
わたしは彼らの仲間であることを感ずる――わたしは自身がそれらの囚人たちと売笑婦たちの同類であるのを感ずる、
だからこれから後、わたしは彼らを拒否しない――なぜなればどうしてわたし自身をわたしが拒否することができようぞ？

ざらにいる売笑婦に

落ち着きたまえ——わたしと一緒に気楽にいたまえ——わたしはウォルト・ホイットマン、〝自然〟のように自由で、快活なものだ、
太陽が君を除けものにするまではわたしは君を除けものにすることをしない、
水が君のためにキラキラするのを拒絶し、葉が君のためにサラサラと音を立てるのを拒絶するまでは、わたしの言葉は君のためにキラキラするのを拒絶し、サラサラと音を立てるのを拒絶することをしない。

娘さんよ、わたしは君と一つの約束をする、そしてわたしは君に、わたしに会うのに恥じないように用意することを勧告する、
それからわたしは君に、わたしが来るまで忍耐し、完全になっていることを勧告する。

そのときまで！　君がわたしを忘れることをせぬような意味深長な目つきで君に挨拶をするのである。

開拓者たちよ！　おお、開拓者たちよ！

さあ、わたしの日やけした顔の子供たち、
よく隊伍をととのえてついて来い、君たちの武器を用意しろ、
君のピストルは持ったか？　君の鋭い刃のついた斧《おの》は持ったか？
開拓者たちよ！　おお、開拓者たちよ！

わたしたちはここにぐずぐずしてはいられないのだ、
愛する人々よ、わたしたちは進軍しなければならない、わたしたちは危険な矢面《やおもて》に立って耐えきらなければならない、
わたしたちは年をとっていない筋肉たくましい種族だ、あらゆる他のものはわたしたちに信頼をかけている、

開拓者たちよ！　おお、開拓者たちよ！

おお、君たち若者たちよ、〝西部地方〟の若者たちよ、
そんなにも辛抱づよく元気いっぱいで、男らしい矜持《きょうじ》と友情にあふれている、
はっきりとわたしは見る、君たち〝西部地方〟の若者たちよ、君たちが最先頭と一緒
　にどしんどしんと音立てて歩くのを見る、
開拓者たちよ！　おお、開拓者たちよ！

年取った種族たちは立ち止まったか？
海を越えた向こうの方で、彼らはひしゃげて彼らの日課を終えて疲れてしまったか？
わたしたちは永遠にその仕事と、重荷と、日課を引き受けよう、
開拓者たちよ！　おお、開拓者たちよ！

あらゆる過去は後に取り残すのだ、

わたしたちは一層新しい、一層力に満ちた世界へ、変化した世界のうえに進出するのだ、
生き生きと力強く、わたしたちはしっかりと世界をつかむ、労働の世界と苦しい長旅を、
　開拓者たちよ！　おお、開拓者たちよ！

　わたしたち分遣隊は着々と投入される、
岸辺を下り、隘路《あいろ》を越え、山々の険峻《けんしゅん》をのぼって、
未知の路をわたしたちは行きながら征服し、占領し、敢行し、危険を冒す、
　開拓者たちよ！　おお、開拓者たちよ！

　わたしたちは原生林を伐り倒し、
わたしたちはわたしたちを当惑させる川々を堰き止め、内にある鉱山を深く穿《うが》ち、
わたしたちは広漠たる地表を測量し、わたしたちは処女地を掘り起こす、
　開拓者たちよ！　おお、開拓者たちよ！

わたしたちはコロラド人だ、
巨人のような峰々から偉大な鋸歯状《きょし》をした山脈と高い台地から、
鉱山からまた峡谷から、狩猟の踏みつけ路からわたしは来る、
開拓者たちよ！　おお、開拓者たちよ！

ネブラスカからの、アーカンサスからの、
わたしたちは中央内陸のもので、大陸の血液のまじったミズリーからのものだ、
〝南部地方〟のあらゆる、〝北部地方〟のあらゆる、すべての友達の手が握りしめる、
開拓者たちよ！　おお、開拓者たちよ！

おお、不屈不撓の、休息を知らぬ種族よ！
おお、一切合切《いっさいがっさい》の愛せられた種族よ！　おお、わたしの胸はすべての人々へのやさしい愛のために疼《うず》く！
おお、わたしは哀哭《あいこく》する、しかもなお狂喜する！　わたしはすべての人々への愛で有

頂天だ！
　開拓者たちよ！　おお、開拓者たちよ！

　強い母である主婦を頌揚《しょうよう》せよ、
物腰優しい主婦を高く翻そう、あらゆる星で飾った主婦のうえに、（みんな敬礼しろ、）
牙《きば》をもった戦闘好きな主婦、峻厳《しゅんげん》で、物に動じない、武装した主婦を頌揚せよ、
　開拓者たちよ！　おお、開拓者たちよ！

　見よ、わたしの子供たちを、果敢な子供たちを、
わたしたちの尻の方でうじゃうじゃしている連中にわたしたちは決して降伏したり、
　勇気を失ってはならないのだ、
彼らは朦朧《もうろう》とした億万年もの昔のそこにあって、渋面《じゅうめん》つくってわたしたちの背後で論
　判している、
　開拓者たちよ！　おお、開拓者たちよ！

密集部隊は進みに進む、
つねに待機している増援と、敏捷《びんしょう》に補充される死者の持ち場と一緒に、
戦闘を一貫し、負けても、しかもなお決して止まることなく移動してゆく、
開拓者たちよ！　おお、開拓者たちよ！

おお、死ぬために進み続ける！
わたしたちのうちの誰かが意気沮喪して死んでゆこうとするか？　その時は来たのか？
それならば進軍の途上でわたしたちは適当に死のう、すぐにそして確実にその間隙《かんげき》は満たされるのだ、
開拓者たちよ！　おお、開拓者たちよ！

世界のあらゆる脈搏《みゃくはく》は、

それらはわたしたちのために脈搏つのであるが、〝西部地方〟の運動の脈搏ちと一緒
　に列に加わり、
独自に、あるいは一緒に守りつづけ、すべてわたしたちのためにしっかりと前線へと
　移動する、
　　開拓者たちよ！　おお、開拓者たちよ！

　人生の錯雑した、そして変化多い盛観、
あらゆる形態と飾示、仕事に従事しているあらゆる工人たち、
あらゆる海員たちと農耕者たち、奴隷を所有しているあらゆる主人たち、
　　開拓者たちよ！　おお、開拓者たちよ！

　あらゆる不幸な物言わない愛人たち、
獄舎のなかのあらゆる囚徒たち、あらゆる義人たちと悪人たち、
あらゆる喜悦せるものたち、あらゆる悲しめるものたち、あらゆる生きている人々、

あらゆる死者たち、
　開拓者たちよ！　おお、開拓者たちよ！

　わたしはまたわたしの霊魂と肉体と一緒だ、
わたしたち一つの不思議なトリオは道を捜しながらさまよってゆく、
悩まし苦しめる顕像たちと一緒に暗いなかのこれらの岸辺を越えて、
　開拓者たちよ！　おお、開拓者たちよ！

　見よ、突進し、ころがる円球を！
見よ、周囲の兄弟の円球たちを、あらゆる叢生《そうせい》する太陽たちと遊星たちを、
あらゆるギラギラする白昼を、あらゆる夢と一緒の神秘な夜を、
　開拓者たちよ！　おお、開拓者たちよ！

　これらはわたしたちのものだ、それらはわたしたちと共にある、

あらゆる主要な必要な事業のために、一方あとから来るものたちはそこの未成物のなかにあって背後に待っている、
わたしたちは先頭を行く今日の行列なのだ、わたしたちは障害を除去する旅のための行路なのだ、
　開拓者たちよ！　おお、開拓者たちよ！

おお、君たち〝西部〟の娘たちよ！
おお、君たち若いまた年進んだ娘たちよ！　おお、君たち母たちと君たち人妻たちよ！
君たちは決して分離されてはならない、わたしたちの隊伍にあって君たちは一つになって行進するのだ、
　開拓者たちよ！　おお、開拓者たちよ！

無樹の大草原に潜みかくれている詩人たちよ！
（他の国土の寿衣をつけた詩人たちよ、諸君は休息してよろしい、諸君はすでに諸君

の仕事をすませたのだ、）
やがて君たちが出て来てうたうのをわたしは聞く、君たちはやがて立ち上がってわたしたちの間を歩くのだ、
開拓者たちよ！　おお、開拓者たちよ！

甘い歓喜のためではない、
クッションとスリッパではない、坊主でも学究でもない、
安らかに満腹した金持たちでもない、わたしたちのための慣れた楽しみでもない、
開拓者たちよ！　おお、開拓者たちよ！

健啖《けんたん》な饗宴者たちは饗宴を開くか？
脂肪過多の睡眠者たちは眠るか？　彼らは入口に錠をおろしたか、また釘づけにしたか？
それでも粗末な日常食と大地に敷く毛布はわたしたちのものなのだ、

開拓者たちよ！　おお、開拓者たちよ！

夜は降りてもう来ているか？
夜ふけの路はそんなにも骨が折れるか？　がっかりして路の途中でうなだれてわたしたちは立ち止まったか？
それでもなお過ぎてゆく時よ、わたしは君の路で、忘れがちな佇立《ちょりつ》へと君を譲り渡す、
開拓者たちよ！　おお、開拓者たちよ！

ラッパの響きと一緒に、
遠く、はるか遠くで黎明《れいめい》が呼ぶまで——聴け！　どんなに高く澄んでそれが吹奏されるかをわたしは聞く、
迅速に！　軍勢の先頭にまで！——迅速に！　君のものである持ち場にまで跳《は》ね躍って、
開拓者たちよ！　おお、開拓者たちよ！

紺碧のオンタリオの岸辺で

一

紺碧のオンタリオの岸辺で、
わたしがこれらの戦争の日々や、帰り来たった平和、またもう帰って来ることのない
　死者のことを思い沈んでいたとき、
近づきがたい顔をした、巨大な、堂々たる〝幻影〟がわたしに話しかけた、
〝わたしに詩をうたってくれ〟とそれはいうのだった、〝アメリカの霊魂から来ると
　ころの、勝利の祝歌をわたしにうたってくれ、
また〝自由の国〟の進軍歌を、さらに一層の力強い進軍歌をうたい始めてくれ、
また君が行くに先立ってわたしのために〝民主主義〟の陣痛の歌をうたってくれ〟と。

(〝民主主義〟、運命づけられた征服者よ、だが、どこへ行っても反逆的な口辺の微笑があり、
一歩ごとに死と不信仰がある。)

二

それ自身で言挙《ことあ》げする一国民、
わたしはわたし自身でわたしが識別せられるところによってだけ成長をする、
わたしは何ものをも拒否しない、あらゆるものを受容する、それからあらゆるものをわたし自身の形態で再現する。
立証を時と行為でするところの一種族、
わたしたちが何であるかということはわたしたちが在るということなのだ、土着民た

ることは異論に対しての充分な返答である、
わたしたちは武器が振り回されたと同じようにわたしたち自身を振り回す、
わたしたちはわたしたち自身において活力あり圧倒するものなのだ、
わたしたちはわたしたち自身において実行的なのだ、わたしたちはわたしたち自身の
多様性において充足するものだ、
わたしたちはわたしたち自身に対して、またわたしたち自身において最も美しいものだ、
わたしたちは真っただ中に自分で釣り合いをとって立ち、そこから世界中に枝をのばす、
ミズリーから、ネブラスカから、あるいはカンサスから、嘲笑に対して笑殺を。
わたしたち自身の外側のわたしたちに対しては何一つとして罪で汚れてはいない、
何ものが現われ出ようが、何ものが現われ出まいが、わたしたちはわたしたち自身だ
けで美しくもあり、もしくは罪で汚れてもいるものなのだ。

（おお、〝母〟よ――おお、愛する〝姉妹〟たちよ！

もしわたしたちが死んだとしたならば、その他のどんな勝利者もわたしたちを殺しはしなかったのだ、
それはわたしたちがわたしたち自身だけで永遠の夜に降って行くことなのだ。）

三

君はただ一人のすぐれたもの以外の存在はあり得ないと考えたのか？
すぐれたものたちは無数に存在し得るのだ——一つの目が他のものと相殺《そうさい》せず、あるいは一つの生命が他のものと相殺しないのと同様に。
あらゆるものはあらゆるものに対して適格者である、
あらゆるものは個人たちのためのものであり、あらゆるものは君のためのものなのだ、
どんな条件も禁じられていない、〝神〟のものもあるいは何もののものも。

あらゆるものは肉体で来る、健康だけが君を宇宙と密接な関係に置く。
偉大な〝人物たち〟を世に出せば、他のものたちは追随するのだ。

四

敬神も国教信奉も彼らにとっては似たものなのだ、
平和も飽満も順従も彼らにとっては似たものなのだ、
わたしは男たちや、女たちや、国民たちを叱りつけて否応なしに強要し、
君たちの座席から跳《は》ね上がり、命がけで闘って絶叫せしめる彼だ！
わたしはわたしの会う一人一人にたずねながら棘《とげ》をもった言葉を道連れに〝諸州〟を
　歩く彼である、
君が以前に知っていたところのものだけを語られることを願う君は何ものだ？

無意義に君を仲間にするだけの書物を欲しがる君は何ものだ?
(おん身たち自身のと同じような苦痛と絶叫とをもって、おお、多くの子供たちの懐妊者よ、
これらの荒々しい喧噪《けんそう》を矜持《きょうじ》ある民族に対してわたしは与える。)

おお、国土よ、かつて存在したあらゆるものよりより以上に自由でありたいと君たちは願うのか?
かつて存在したあらゆるものよりより以上に自由でありたいと君たちが願うならば、来たってわたしのいうことに耳傾けたまえ。

優美を恐れろ、優雅を、文明を、
繊美《せんび》を、甘美な媚愛《びあい》を恐れろ、蜜汁の吸入を、
〝自然〟の前進する致命的な成熟を用心しろ、

国土と民衆の剛健の衰退に先立つところのものを用心しろ。

五

歳月と先例とは長い間無目的な物質を累加しつつある、
アメリカは建設者たちを持ち来たし、そしてそれ自身の様式を持って来る。

アジアとヨーロッパの不死の詩人たちは彼らの作品をつくった、そして他の空間に
移って行った、
一つの作品が残る、あらゆるものにまさった作品を彼らはつくったのだ。

アメリカは、外国の特質に対しては好奇の念をもって向かい、万難を排してそれ自身
で直立し、
除去され、広々と、組成し、健全に直立し、先行者たちの真の利用を始め、

それらを、あるいは過去を、あるいは人々がそれらの形態の下で産出したところのものを拒むことをせず、
冷静にその教訓を受け容れ、家から徐々に運ばれた屍《しかばね》を知覚し、
それが家の中でしばらくの間待つのを、それがその時代に適応したものであったことを、
その生命が最も信頼されるものに、また近づくところの立派な姿をした継承者に遺伝するのを、
そして彼が彼の時代に適応するようになることを知覚するのである。

いかなる時代も一つの国民が指導しなければならず、
一つの国土は未来の約束であり、また信頼であらねばならぬ。

これらの〝諸州〟は範囲の広い詩である、
ここにあるのは単に一国民だけではなくて、諸国民でいっぱいの〝国家〟なのであり、
ここでは人々の活動は夜と昼のばらまきにした活動と照応するのであり、

ここには瑣末《さまつ》には無頓着の巨大なかたまりになって動くところのものがあり、ここには霊魂の愛するところのもの、教養の無いものがあり、髭《ひげ》を生やしたものがあり、親切なものがあり、喧嘩好きのものがあり、ここには霊魂が愛するところのもの、ぞろぞろと往来する人々の群れがあり、ここには群衆、平等のもの、多様性がある。

六

国々の国と、確証を与える詩人たちよ！
彼らにまじって直立している彼らの中の一人は光に向かって西部育ちの顔を上げる、
彼には母からのものと、また父からのものと、双方から譲られた世襲の顔容があり、
彼の最初の部分は物質であり、大地であり、水であり、動物であり、樹木であり、
平凡な材料で構築されて、遠いものにもまた近いもののためにも余裕を持ち、
他の国々を無用にし慣れて、この国土を具現化し、

彼自身にそれを肉体と霊魂を引き寄せ、無比の愛でその頸にぶら下がり、
彼の精液を含む筋組織をその立派な行為と不行状のなかに突っ込み、
その諸都市や、発端や、出来事や、差異や、戦争をして彼にあって声あるようにならしめ、
その川々や、湖水や、湾々をして彼にあって流失せしめ、
年ごとの出水と変化する急流のあるミシシッピー、コロンビア、ナイアガラ、ハドソンは彼にあって親切にそれら自身を使い果たし、
もし大西洋岸が延び、あるいは太平洋岸が伸びるならば、彼はそれらと共に〝北部〟あるいは〝南部〟に延び、
それらの中間に〝東部〟と〝西部〟をさしわたし、そしてそれらの中間にあるいかなるものにも触れ、
彼から生ずる草木は松や、杉や、つがや、バージニアかしや、にせアカシアや、栗や、さわぐるみや、白楊《どろやなぎ》や、香橙やもくれんの木などの育成物を相殺し、
どんな籐藪や沼沢とも同じような錯綜《さくそう》は彼にあって錯綜し、
彼は山々の側面や山巓《さんてん》や北方の透き通る氷でおおわれた森林を好み、

彼から無樹原や、高地帯や、無樹の大草原のような甘美で自然な放牧地が逃げ去り、
彼を通じて飛翔《ひしょう》と、旋回と、絶叫は、鶚《みさご》や、ものまね鳥や、五位鷺《さぎ》や、鷲《わし》のそれらに答え、
彼の精神は善に対しても悪に対しても閉ざされずに彼の国の精神を囲繞《いにょう》し、
古代の、また現代の実在する事物の本質を囲繞し、
発見されたばかりの沿岸や、島嶼《とうしょ》や、赤色原住民の部族を、
風雨にさらされた船舶や、上陸地や、定住地や、等身で強壮な胎児を、
〝第一年〟の誇らかな挑闘《ちょうとう》や、戦争や、平和や、〝憲法〟の制定を、
分離した〝諸州〟や、単純で弾力性ある画策や、移民を、
つねにペチャクチャしゃべる人々が雲集し、またつねに信頼するに足るかつ堅固な〝連合〟を、
未測量の奥地や、丸太小屋や、開墾地や、野獣や、猟師や、罠《わな》猟師を囲繞し、
多角農業を、鉱山を、寒暖を、新しい〝諸州〟の懐胎や、
毎年〝第十二の月〟に召集される〝国会〟や、極遠の地方から時を間違えることなく
登院して来る代議員たちを囲繞し、

機械工たちと農民たちの、ことにその若い人々の高貴な性格を囲繞し、彼らの挙措や、言説や、衣服や、友情や、高位の人々の面前にあってどのようにして立つべきかを感知することなかったところの人々、彼らのもつ歩きぶりや、彼らの顔つきの活発さと淡泊さや、彼らの性情の豊かさと決断や、彼らの姿勢の興味のあるだらしなさや、不当に取り扱われたときの粗暴さや、彼らの演説の流暢《りゅうちょう》さや、音楽における彼らの喜悦や、彼らの好奇心や、上機嫌と大まかさや、全組成の工作や、

打ち勝つ熱情と冒険心や、広範な好色性や、男性と女性の完全な平等であることや、人口の流動する運動や、優秀な艦船や、自由貿易や、漁業や、捕鯨業や、黄金採掘や、埠頭《ふとう》で縁どられた都市や、あらゆる地点を交切する鉄道線路と航路や、工場や、商業生活や、労力をはぶく機械や、〝北東部〟や、〝北西部〟や、〝南西部〟や、マンハッタンの消防夫や、ヤンキーの物々交換や、南部地方の植民生活や、奴隷制度――あらゆる他の人々の廃墟《はいきょ》のうえにそれを打ち建てる殺人的な、反逆的な

結党に応答しながら、
それと格闘をつづけにつづける――暗殺！　そこで君たちの生命なりまたわたしたちのそれは危殆《きたい》に瀕《ひん》するだろう、そしてもう遷延なしだ。

七

（見よ、この日、天の方へ向かって高く、
〃自由の女神〃は決戦勝負の戦場から凱旋《がいせん》した、
わたしは君の頭の周囲に新しい極光をしるしつける、
すでに物柔らかい星のようなものではなくて燦爛《さんらん》として強烈なものだ、
それは戦いの焰とひらめくキラキラする電光をともなう、
そして君の港は君の立っているところに在って不動だ、
しかもなお消すことのできない瞥見《べっけん》と握りしめて高くあげた拳《こぶし》をもって、
そして君の足は威嚇《いかく》するものの頸のうえにあり、嘲侮する者は君の下方に徹底的に押

し潰《つぶ》された、
彼の理非分別のない嘲侮をともなって大股に歩いて進んだところの威嚇する驕傲《きょうごう》なものは残忍な刃を携えている、
昨日は大いに為すところあったところの幅広にふくれ上がるもの、大法螺《ぼら》吹きは、
今日は一塊の死んだ、呪われた腐肉、全世界の軽蔑されたもの、
一介の廃品となって糞堆《くそづか》の蛆《うじ》へと追い払われた。)

八

他のものたちはけりをつける、だが〝共和国〟はいつまでも建設的でいつまでも見通しを保ち続ける、
他のものたちは過去を盛飾する、だが、君たち、おお、現在の日々よ、わたしは諸君を盛飾するのだ、
おお、未来の日々よ、わたしは諸君を信頼する――わたしは諸君のためにわたし自身

を孤立させる、
おお、アメリカよ、君は人類のために、建設するがゆえに、わたしは君のために建設する、
おお、非常に愛される石切り工たち、わたしは決然と技能で計画を立てるところの彼
らを先導し、
親切な手で現在を、未来の方に向かって先導するのだ。

（次の時代へと健全な子供たちを送り出すあらゆる衝動万歳！
だが動物の血統を考えることなくしてそれ自身を消耗するところのものは呪われろ、
苦痛、落胆、無気力、それは継承されるものである。）

九

わたしはオンタリオの岸辺で〝幻影〟の声に耳傾けた、
わたしは表白を迫る詩人たちのあげる声を聞いた、

彼らによって土地っ子で、偉大なあらゆるもの、彼らによってだけ、これらの〝諸州〟は一つの〝国民〟のよくまとまった有機体として融合され得るのである。

紙と印章や強制によって人々を一緒にすることは問題とはならぬ、身体の四肢あるいは植物の小枝をつかんでいるのと同様に、生ける信念においてあらゆるものを集めるものだけが人々を一緒にするのだ。

詩的な材料でいっぱいの血管をもったこれらの〝諸州〟のあらゆる民族と時代は何よりも詩人たちが入用なのであって、その最も偉大なものを持たねばならぬのであり、そして彼らを最も偉大なものとして利用せねばならぬのである、彼らの〝大統領たち〟も詩人たちがあり得るほどには彼らの共通の審判員ではあり得ない。

（愛の霊魂と火の舌よ！

最も深い深淵を突き通し、また世界を見渡す目よ！
噫《ああ》、多産で、その上あらゆるものでいっぱいの〝母〟、しかもどんなに長い間不妊、
　不妊であったことか？）

一〇

これらの〝諸州〟の詩人は物に動ぜぬ人間である、
彼にあってではなく彼から離れては事物は怪奇であり、奇矯であり、充分な利潤の支
　払不能である、
その占める場を離れた実存せぬものが善であり、その占める場にある実存せぬものが
　悪である、
彼はあらゆる物象あるいは性質に、多くもなく少なくもなくその適当した均整を賦与
　する、
彼は異なっているものの調停者だ、彼は鍵《かぎ》だ、

彼は彼の時代と国の平等にする者である、
彼は供給を欲するところのものを供給し、彼は阻止を欲するところのものを阻止する、
平和の時には彼から大きな、富んだ、旺《さか》んな、平和の精神を語り、住民の多い都邑を
建設し、農業や、芸術や、商業を奨励し、人間や、霊魂や、健康や、不死や、政治
組織の研究を活気づけ、
戦時には、彼は戦争の最上の後援者であり、彼は工兵と同じように上手に重砲に打撃
を加え、彼は彼の語るあらゆる言葉をして血を招来せしめることができる、
不信仰の方に向かって迷ってゆく歳月を、彼は彼の確固たる信仰によってそうするこ
とを許さぬ、
彼は論争するものではない、彼は断定だ、(〝自然〟は絶対的に彼を受容する、)
彼は裁判官が裁判するようにではなく、太陽のように無力の事物をめぐって降りそそ
ぐのだ、
彼が最も遠方を見るように彼は最上の信頼を持っている、
彼の思想は事物を称《たた》える賛美歌だ、

〝神〟や永遠を論ずるに当たって彼は沈黙している、
彼は前口上や大詰のある劇のようにではなく永遠を見る、
彼は男たちや女たちにおいて永遠を見る、彼は男たちや女たちを夢や点としては見ることをしない。

大きな〝理念〟のために、完全な、そして自由な人々の理念、
そのためにこそ指導者たちの指導者、詩人は先頭を切って歩む、
彼の態度は奴隷たちを元気づけ、外国の暴虐者たちを恐れしめる。

〝自由〟に絶滅はない、〝平等〟に逆戻りはない、
それらは若い男たちや最良の女たちの感情のなかに生きる、
(実存しないもののためではなくて、全地の屈することのない頭は、つねに〝自由〟を求めて死ぬるために準備されたのだ。)

二

大きな〝理念〟のため、
それこそ、おお、わたしの同胞よ、それこそ詩人たちの使命ではある。

つねに用意の整った厳しい挑戦の歌、
迅速な武装と進軍の歌、
手早くたたまれた平和の旗、そしてその代わりにわたしたちがよく知っている旗、
大きな〝理念〟の戦争のための旗。

（怒った布片がそこに躍っているのをわたしは見た！
わたしは再び鉛の雨の中に立つ、君の羽ばたきするひだが挨拶する、
戦闘――おお、烈しく争われた戦闘を一貫して翻り、招く君をあらゆるもの以上にわ

たしは歌うのだ！
大砲はそれらのバラ色に閃き光る砲口を開き――投げつけられた砲丸は絶叫し、
戦線は硝煙《しょうえん》の真っただ中に形成され――一斉射撃は間断なく横隊から注がれる、
聞け、〝突貫！〟の響きわたる言葉――ある時は摑《つか》み合いと、恐ろしく烈しい気狂い
のような号叫、
ある時は屍が大地のうえに身をねじ曲げて倒れる、
冷たい、死んで冷たい、君の貴い生命のために、
怒った布片がそこで躍っているのをわたしは見たのだ。）

一二

君は教える職分を身に引き受けようとするところの、あるいはまたここ〝諸州〟にお
ける詩人たろうとする彼か？
その職分は畏敬すべきものであり、条件は苛酷だ。

ここにあって教えることを引き受けようとするものは心身共に彼自身をよく準備せねばならぬだろう、
彼は彼自身をよく観察し、熟考し、武装し、強壮にし、果断にし、しなやかにせねばならぬだろう、
彼はまずわたしによって多くの、そして峻厳《しゅんげん》な質問をもって確実に問いただされるだろう。

アメリカに向かって語り、あるいは歌おうとするところのものである君は一体誰なのだ？

君はその国を、その慣用語と人々とを知り尽くしたか？

君はその国の生理学を、骨相学を、政治学を、地理学を、矜持《きょうじ》を、自由を、友愛を学んだか？　その基礎と目的を？

君は〝特別委員たち〟によって署名され、〝諸州〟によって批准され、そして軍隊の

先頭にあってワシントンによって読まれた〝独立〟の第一年の第一日のかの組織的の盟約を考慮したか？

君は〝北部連邦憲章〟を身につけたか？

君はあらゆる封建的な過程と詩篇を彼らの背後に置き去り、〝民主主義〟の詩篇と過程とを身をもって引き受けた人々を見るか？

君は事物に対して誠実か？　君は大地と海が、男の肉体が、女性が、色情が、英雄的な憤怒が教えるところのものを教えるか？

君は急過する習慣や人気を越えて足を早めたか？

君はあらゆる手管や、愚行や　急回転や、残忍な闘争に反対して君が介入しないことができるか？　君は非常に強いか？　君は真に全〝国民〟の味方か？

君は何かの徒党の一人ではないのか？　ある学派か、あるいはまた単にその名が意味するだけの宗教の？

君は人生の評論と批判に関係を絶ったというのか？　今こそ、人生それ自体に生気を与えるのではないか？

君はこれらの〝諸州〟の母性から活気づけられたか？

君はまた昔ながらのつねに生き生きした耐忍と不偏を持つか？

君はそれらの完全な発育へと固まって来るものたちのために同様の愛を保持するか？

最も後に生まれるもののための？　小さいそして大きなものの？　また放浪せるもののための？


わたしのアメリカよ、君が持ってくるこのものは何か？

これはわたしの国と一様のものか？

これはよりよく語られ、あるいは以前に為し遂げられたところのあるものではないのか？

君はこれをあるいはこの精神をある船などに積んで輸入したのではないか？

それは単なる物語ではないのか？　押韻《おういん》詩？　奇麗事を並べた文章？　――そのなかによき昔ながらの大義があるのか？

それは敵性諸国の詩人たちや、政治屋たちや、三文文士たちの尻馬に乗って長い間追随したのではないか？

それは明らかに死んでしまったものをなおここに在ると仮定しはしないか？

それは一般的な必要に応《こた》えるか？　それは生活様式を改善するか？

それは南北戦争における〝連合〟側の誇らかな勝利をラッパの音で鳴り響かせるか？

君のやったことが野天や海辺に面と向かえるか？

わたしが食物や空気を摂取して、も一度わたしの能力、歩態、顔に現われるようにわたしに摂取されるか？

真の使用がそれに貢献したか？　単なる写字者ではない、原文の製作者の？

それは面と向かって近代の諸発見や、銃口や、事実に対抗するか？

それはアメリカの人々や、進歩や諸都市に対して何を意味するのか？　シカゴ、カナダ、アーカンサス？

それは目に見える看守人たちの背後に、直立し、威嚇《いかく》し、沈黙している機械工たち、マンハッタン人たち、西部人たち、南部人たち、その人々は無感動であるのと同様に惚《ほ》れっぽさを暗示するのだが、そうした真正の看守人たちを見るか？

それは最後的に生ずるところのもの、またつねに最後的に生じたもの、アメリカの何ものをもつねに要求したところの一人一人の時局便乗者、弥縫《びほう》者、局外者、偏愛者、杞憂《きゆう》家、不信の徒を見るか？
何という侮蔑と嘲侮に満ちた怠慢か？
路は骸骨《がいこつ》だけの人体でまき散らされた、
往来ばたには他のものたちが軽蔑されてのたうちまわっていた。

一三

押韻《おういん》詩と押韻詩の作者たちは滅びる、詩篇から蒸留した詩篇は滅びる、
熟考者の群れと洗練されたものは終わる、そして灰を残す、
称賛者たち、輸入者たち、従順な人々は文学の土壌だけをつくる、
アメリカはそれ自体を是認し、それに時を仮《か》す、どんな変装もそれを欺くことはできないし、またそれから匿《かく》すことはできない、それは充分無感動だ、

それ自身の相似物の方に向かってだけ、それらに会うために前進するのだ、もしその詩人たちが出現すれば、それは時に後れることなく彼らに会いに前進するだろう？　決して間違う恐れはない、
（彼がそれを吸収したと同じように懇切に彼の国が彼を吸収するまで詩人の試練は峻《しゅん》厳《げん》に延期されなければならないのだ。）

彼はその精神が支配するところのものを支配する、最も甘美に味わう彼は結局最も甘美に終わるものだ、
時の寵児《ちょうじ》たる壮健なものの血液は拘束されない、
歌や、哲学や、特有の自国のオペラや、操船術や、いかなる仕事でもその必要なのは、
最も偉大な、独創的な、実際的な例証を寄与するところの彼なり彼女なりが優れたものなのである。

すでに無頓着な種族は、音も立てずに発生して街上に現われる、

人々の唇は行為するものたちや、愛するものたちや、満ち足りたものたちや、積極的な、知る人々にだけ会釈をする、
やがて近いうちにはもう僧侶たちもなくなるだろう、彼らの仕事は終わったとわたしは断言するのだ、
死は急変なしにここにある、だが、生はここにあって不断の急変だ、
君の肉体は、毎日は、行儀作法はすぐれているか？　死後、君はすぐれたものとなるだろう、
正義　健康、自尊は不可抗な力をもって困難を排除して将来を開拓する、
いかなれば君は人の前に何ものかをあえて置こうとするのだ？

一四

〝諸州〟よ、わたしより後へ下がれ！
人間はあらゆるものに先立つのだ——たとえばわたし自身はあらゆるものに先行する

のだ。

わたしが勤めた分の支払いをしてくれ、
あらゆるものを寝かせつける大きな〝理念〟の歌をうたうために与えろ、
わたしは大地を、太陽を、動物を愛した、わたしは金持を軽蔑した、
わたしは要求するところの何びとに向かっても喜捨を与え、愚者や狂者の味方をし、
他の人々に対してわたしの収入と労役とを捧げ、
圧制者を憎み、〝神〟に関しては論議せず、民衆の方に向かっては忍耐と寛大であり、
すでに知られ、いまだ知られない何ものでもないものに対してわたしの帽子を脱ぎ、
力に満ちた無教育の人々と共に、若者と共に、そしてまた家族たちの母たちと共に自由に行き、
これらの詩篇を屋外にあってわたし自身で読み、それらを樹木や、星辰や、川々のかたわらで試み、
わたし自身の霊魂を侮蔑し、あるいはわたしの肉体を汚すどんなものをもしりぞけ、

同様の理由で他のものたちのためにわたしが注意深く要求しなかったところの、どんなものをもわたし自身に要求せず、
幕営と、〝諸州〟から供給し、受容された仲間たちへと急いだのだった、
（この胸のうえに彼の最後の呼吸をひくために多くの瀕死《ひんし》の兵士たちがよりかかった、
この腕が、この手が、この声が力を添え、立たしめ、回復させた、
多くの衰え果てた人体に生気を呼びかえして、）
わたしはわたし自身の好みの増大によって理解されるのをよろこんで待っている、
何びとをも拒否せず、あらゆるものを許容しながら。
（断言するが、おお、〝母よ〟、わたしは君の想念に忠実ではなかったか？
生涯をあげてわたしはわたしよりもまず君を、そして君のものを尊重しはしなかったか？）

一五

わたしはわたしがこれらの事物の旨意を見始めることを確認する、
それは大地ではない、それはそんなにも偉大であるところのアメリカではない、
それは偉大であり、あるいは偉大であろうとするところのわたしだ、それはその上に
　立っている〝君〟か、あるいは誰でもなのだ、
それは文明、政府、理論を通じて急速に歩こうとし、
詩篇や、ページェントや、ショーの催物を通じて個人たちを形成しようとしている。

あらゆるものの下部、個人たち、
個人たちを無視することは、今こそ、わたしにとっていかなるものも善ではないのを
　わたしは確認する、
アメリカの契約は全然個人たちと共にある、

唯一の政府は個人たちの記録をつくるところのそれである、
宇宙の全理論は唯一単独の個人に対して的をはずれぬように方向づけられている——
たとえば〝君〟に。
(〝母〟よ！　厳粛な、慧敏《けいびん》な感覚をもち、君の手に鞘《さや》を払った剣をもった、
とうとう君が個人たちと直接に協定する以外に、拒絶するのをわたしは見た。)

一六

あらゆるものの下にあるもの、〝(自然) 出生〟、
敬虔《けいけん》であろうが不敬虔であろうが、どちらでもかまわない、わたしはわたし自身の出生によって自分が直立するのをわたしは確認する、
わたしが出生を除外した何ものにも魅せられないことをわたしは確認する、
男たちも、女たちも、諸都市も、諸国家も出生からだけ美しいのだ。

あらゆるものの下にあるものは男女への愛情の〝表現〟である、
(わたしが男女への愛情の表現の卑しい、そして無力な流儀をいやというほど見たのをわたしは確認する、
今日以後、わたしは男女への愛情の表現の、わたし自身の流儀を採用する。)
わたしがわたし自身のうちに人間の各自の特質を具備しようとするのをわたしは確認する、
(君の好きなように口をきくがいい、その社会の慣習が〝合衆国〟の無鉄砲と崇高な擾乱《じょうらん》を、好意をもって見るこれらの〝諸州〟に彼だけがぴったりと合うのだ。)
事物、精神、〝自然〟、政府、所有権の課程の下にあるもの、わたしが他の課程を知覚することをわたしは確認する、
あらゆるものの下にあるもの、わたしにとってはわたし自身なのだ、君にとっては君

自身なのだ、（同じ単調な昔ながらの歌。）

一七

おお、このアメリカは君とわたしだけであるということが閃くのをわたしは見る、
その力、武器、証憑《しょうひょう》は君とわたしである、
その罪悪、虚偽、盗み、背反は君とわたしである、
その〝国会〟は君とわたしである、役人たち、州会議事堂、軍隊、船舶は君とわたしである、
その新しい〝諸州〟の夢幻の懐胎は君とわたしである、
戦争は（そんなにも烈しく凄惨《せいさん》なあの戦争、その戦争をこれから後わたしは忘れなければならぬ、）君とわたしだ、
自然なものと人為的なものは君とわたしだ、
自由、国語、形式、職業は君とわたしだ、

過去、現在、未来は君とわたしだ。

わたし自身のいかなる部分をもわたしは回避することをあえてしない、
よかれあしかれアメリカのいかなる部分をも、
人類のために建設するところのもののために建設することをも、
階級、皮膚の色、教条、それに性別を平衡することをも、
科学を、もしくはまた平等の行進を是認することをも、
あるいはまた時の寵児《ちょうじ》たる壮健なものの尊大な血液をあてがうことをも。

わたしはかつて支配されなかったところの人々の味方である、
気質がかつて支配されたことのなかったところの男女の味方である、
法律も、理論も、因襲も決して支配することのできないところの人々の味方である。

わたしは全地と共に後れずに歩くところの人々の味方である、

その人々はあらゆることを始めるために一つのことを始めるのだ。

わたしは不合理な事物によって挑戦されはしないだろう、
わたしを諷刺《きし》するところのものが何であるかを見破る、
わたしは都市や文明をわたしに服従させるようにする、
これこそわたしがアメリカから学んだところのものなのだ――それが全部だ、そして
　それをわたしは再び教えるのだ。

（〝民主主義〟よ、どこででも武器が君の胸に向けて狙《ねら》っているにもかかわらず、
わたしは君が落ち着いて不死の子供たちを産みつけるのを見、夢のなかで君のひろが
　る形態を見、
ひろげた外套《がいとう》でもって世界をおおうのを見た。）

一八

わたしは昼と夜のこれらのショーに正面を切ろう、
わたしはわたしが彼らより劣ったものであるかどうかを知ろう、
わたしはわたしが彼らと同じように立派なものでないかどうかを見よう、
わたしはわたしが彼らと同じように慧敏《けいびん》であり、また真摯《しんし》でないかどうかを見よう、
わたしはわたしが彼らと同じように寛大でないかどうかを見よう、
わたしは家や船が意味をもっているのにわたしが意味をもっていないかどうかを見よう、
わたしは魚類や鳥類が彼らだけで充足させられるかどうかを、またわたしが自分自身
だけで充足させられるかどうかを見よう。

わたしはわたしの精神を君たちのものと争わせる、君たち、円球よ、育成物よ、山々
よ、獣類よ、

君たちがいかに無数であろうともわたしは君たちをあげてわたし自身のうちに吸収する、そしてわたし自身がその主人となるのだ、
アメリカは孤立させられたが、しかもなおあらゆるものを具象する、最後にわたし自身を除外するものは何だ？
これらの〝諸州〟、わたし自身を除外するそれらは何だ？

今、わたしは何がゆえに大地が包全的であり、焦らし、不行跡なのかを知るのである、それはわたしのためなのだ、
わたしは特に君たちをわたしのものとして採り上げる、君たち恐ろしい、自然のままの形態たちよ。

（〝母〟よ、身をかしげて、君の顔をぴったりとわたしにかしげたまえ、
わたしはこれらの陰謀や、戦争や、遷延が何のためであるかを知ることがない、
わたしは結実の上首尾を知ることがない、だが、戦争と罪悪を通じて君たちの骨折り

仕事が続けられ、さらになお続けられなければならぬことを知るのである。）

一九

こうして紺碧のオンタリオの岸辺で、
風がわたしに吹きつけ、波浪がわたしの方に向かって群れをなしてやって来た時、
わたしは活動力の脈搏で竦動《しょうどう》した、そしてわたしの命題の魅力がわたしに迫り、
とうとうわたしをとらえていた馬鹿げたことの連続が、それらのわたしへの羈絆《きはん》を解いたのだった。

そしてわたしは詩人たちの自由な霊魂を見たのだった、
過去の時代の崇高な詩人たちはわたしの前を大股に歩いた、
長い間眠りからさめず、姿を見せることのなかった未知の偏見にとらわれぬ人々がわたしに現われたのだった。

二〇

おお、わたしの夢中の詩句よ、わたしの呼び声よ、わたしを軽蔑するな！
過去の詩人のためではなく、わたしが君を送り出したのは彼らを呼び出すためでもない、
ここ、オンタリオの岸辺でそれらの崇高な詩人たちを呼ぶのですらもない、
わたしはわたしの自然のままの歌をそのようにも気まぐれに、また声高にうたったのだ。

わたし自身の国のための詩人たちをだけわたしは呼び出す、
（なぜなら戦争は、戦争は終わったのだ、戦場は清められたのだ、）
これから後、勝ち誇った前方への行進を彼らが始めるまで、
おお、〝母〟よ、君の制限なく待ち望んでいる霊魂を鼓舞激励するために。
大きな〝理念〟の詩人たちよ！　平和な構想の詩人たちよ！　（なぜなら戦争は、戦

争は終わったのだ！）
しかも潜在する軍隊の詩人たち、百万の兵士たちはつねに待ちつつある、
燃える石炭、あるいは電光の叉状《さじょう》をした帯からのような歌をもった詩人たちよ！
広大なオハイオの、カナダの詩人たち――カリフォルニアの詩人たちよ！　内陸の詩
　人たち――戦争の詩人たちよ！
君たちをわたしの魅力によってわたしは呼び出すのだ。

インドへの航旅

一

わたしの時代をうたい、
現在の偉大な功業をうたい、
技術陣の力強い巧妙な工事、
わたしたちの近代の驚異(古代の重苦しい〝七不思議〟を凌駕《りょうが》した、)
――スエズ運河の東の〝旧世界〟に、
〝新しいもの〟をそのすばらしい鉄路で架けわたし、
海洋を能弁で従順な電線で象眼した――をうたい、
しかもまず響き渡らせ、そしていつまでも響き渡らせる、おお、霊魂、君と一緒に叫

び声を、
〝過去〟よ！　〝過去〟よ！　〝過去〟よ！　と。

〝過去〟――不分明な、底の知れない回顧よ！
押し合いへし合いする深淵――眠った人々と亡霊たちよ！
過去――過去の無限な偉大さよ！
所詮は過去から成長したものに過ぎない現在は、そもそも何のためなのだ？
（形成され、推進されて、ある一線を過ぎ、なお進みつづけるところの抛物体《ほうぶつ》のように、
過去によって全的に形成され、推進された現在ではある。）

二

おお、霊魂、インドへの航旅よ！
アジアの神話、原初期の寓話《ぐうわ》を解釈して明確にする。

世界のみずから恃《たの》む真理、君をだけではなく、
また近代科学の諸事実、君をだけではない、
さらに古代の神話と寓話、アジアの、アフリカの寓話を、
精神のはるかに矢のように飛ぶ光線を、解き放された夢想を、
深く潜入する諸聖典と伝説を、
詩人たちの大胆不敵な構想を、古代の諸宗教を、
おお、君たち、昇天する太陽によって光注がれる百合の花よりもまさって美しい寺々
よ！
おお、君たち、名を知られたものたちをはねつけ、名を知られたものたちの捕捉を巧
みに避け、上天へと登ってゆく諸寓話よ！
君たち、バラの花のように赤く、黄金色に光らされた尖塔をつけて、そびえ立つまば
ゆい塔たちよ！
人間の夢想から不朽に形作られた塔々よ！

他のものたちと全く同様に、またわたしが歓び迎える君たちよ！
また君たちをわたしは喜んでうたうのだ。

インドへの航旅よ！
見よ、霊魂、君たちは最初から〝神〟の意図を見なかったのか？
網状組織によって連絡され、架けわたさるべき大地を、
諸人種が、隣人たちが結婚し、結婚させられるのを、
越え渡らるべき海々を、ちぢめられた距離を、
接合さるべき陸地陸地を。

新しい一つの崇拝をわたしはうたう、
君たち、船長諸君、航海者諸君、探検者諸君、君たちの、
君たち、技師諸君、君たち、建築家諸君、機械技師諸君、君たちの、
君たち、商業や輸送だけばかりのためではない、

〝神〟の名において、そして君たちの、おお、霊魂のために。

三

インドへの航旅よ！
見よ、霊魂、君のための二つの画面、
わたしは見る、その一つにスエズ運河が着手され、開通したのを、
わたしは見る、エンプレス・ウジェニー号がその先頭を切ってゆく汽船の長い列を、
わたしは甲板の上からよく注意する、奇異な風景を、澄んだ空を、遠方の水平な砂原を、
わたしは急速に通過する、絵のような群れ、蝟集《いしゅう》した労働者たちを、すばらしい大規模の浚渫機《しゅんせつき》を。

さらにも一つの違ったものでは（しかも君のもの、おお、霊魂、すべて君のものであることは同様だ、）

わたしは見る、わたしのものである大陸を越えてパシフィック鉄道があらゆる困難を突破するのを、
わたしは見る、プラット川に沿って迂曲《うきょく》しつつ貨客を運ぶ車輛の不断の連続を、
わたしは聞く、突進し、咆哮《ほうこう》する蒸気機関車と耳をつんざくような汽笛を、
わたしは聞く、世界における最も雄大である景観の中を通ってこだまが響きわたるのを、
わたしは横断する、ララミーの平地を、わたしは注意する、怪奇な形をした岩塔を、孤丘を、
わたしは見る、おびただしい飛燕草と野生葱《ねぎ》を、単一色な、どんよりした、山よもぎの生えた荒野を、
わたしはちらりと見る、遠方に、あるいはわたしの頭上にいきなりそびえる大きな山々を、わたしは見る、ウィンド川とウォーサッチ山脈を、
わたしは見る、モニュメント山とイーグルズ・ネストを、わたしは過ぎる、プロモノトリイを、わたしはのぼる、ネバダ山脈を、
わたしは詳しく調べる、崇高なエルク山を、そしてその裾をめぐり回る、

わたしは見る、フンボルト山脈を、わたしは渓谷を縫い、川を渡る、
わたしは見る、タホー湖の澄んだ水を、わたしは見る、威風堂々たる松樹の森林を、
あるいは大荒野を、アルカリ性の平原を横断しながら、わたしは注目する、水や牧草地の蠱惑《こわく》的な蜃気楼《しんきろう》を、
これらのものを通じ、また一切合切《いっさいがっさい》を追って二重のほっそりした線でしるしづけながら、
陸上旅行の三千ないし四千マイルを架けわたしながら、
〝東方〟を〝西方〟の海へと、
ヨーロッパとアジアの間の道路を結ぶ。

(ああ、ジェノア人、おん身の夢想よ！　おん身の夢想よ！
おん身の墓におん身が横たわって後、幾世紀もたって、
おん身の発見した岸辺はおん身の夢想を確証する。)

四

インドへの航旅よ！
幾人ということない船長たちの苦闘、幾人ということない死んだ水夫たちの物語、
わたしの気持を曇らし、ひろがって彼らはやって来る、
到達することのできない大空の雲や、ちぎれ雲のように。

あらゆる歴史に沿って、斜坂を降り、
小流のように走り、時として沈み、時として再び表面に出ながら、
絶えることのない想念、変化に富むものの一続き——見よ、霊魂、おん身に、おん身
　の視野にそれらはやって来る、
計画が、二度目の航海が、探検が、
再びバスコ・ダ・ガマは船出する、

再び獲得した知識が、船員の周行が、
発見される陸地と生まれる国民、おん身生まれながらのアメリカ、
広大無辺の意図を求めて、人類の長い試練は充足した、
おん身、世界の球圏はついに完成した。

五

おお、広大な〝球圏〟は空間を泳ぐ、
目に見える力と美で全体をおおわれて、
交互の光と白昼とあふれるばかりの霊的な暗黒と、
上方には太陽と月と無数の星々の、口ではいうことのできない高い行列、
下方には、多種多様の草本と積水、獣類、山岳、樹木、
うかがい知ることの難《かた》い目的、ある秘めた予言的な意図をもって、
今、まずわたしの想念がおん身を指で測り始めるように思われるのだ。

アジアの苑《その》々から降りながら、輝きながら、
アダムとイブが現われ、それから彼らの無数の子孫が彼らにならって、
好奇心つよく放浪し、思慕する、小止みない探求をともない、
昏惑《こんわく》させられ、はっきりせず、焦躁する疑問をともない、いつも幸福でない心をともない、
〝満たされぬ霊魂よ、なにゆえに？〟また、〝おお、嘲笑する人生よ、いずこへ？〟
という痛ましい、絶えることのない復唱句を道連れにして。

噫《ああ》、誰がこれらの焦躁する子供たちを慰めようとするのか？

誰がこれらの小止みない探求を正当であると証明するのか？

誰が無感動の大地の秘密を語るのか？

誰がわたしたちにそれを結ぶのか？　そんなにも不自然なこの離れ離れの〝自然〟は何だ？

わたしたちがこんなにも牽引されるこの大地は何だ？（無愛想な大地、わたしたちに
　答える動悸《どうき》もうたない、
墓の場所である冷たい大地。）

しかもなお霊魂は残る最初のもくろみであることは確実で、そして成就されなければ
　ならない、
恐らく今しがたその時が来たのだ。

海洋がすべて横切られたあとで、（それらがすでに横切られたごとくに見えるように、）
偉大な船長たちや技師たちが彼らの事業を完遂したあとで、
崇高な発明者たちのあとで、科学者たち、化学者、地質学者、人種学者のあとで、
最後にその名にふさわしい詩人が来るだろう、〝神〟の真の息子が彼の歌をうたいに
　やって来るだろう。

それから、おお、航海者たち、おお、科学者たちと発明者たち、諸君たちの行為ばかりではなく、正当であることを証明されるだろう、
いら立たされた子供たちのそれのように、あらゆるこれらの心々はなだめられねばならぬ、
あらゆる愛情は充分に答えられるだろうし、秘密は語られねばならぬ、
あらゆるこれらの隔離と間隙《かんげき》は満たされ、鉤《かぎ》で留められ、一つにつながれねばならぬ、
全地、この冷たい、無感動な、声立てぬ大地は完全に正当化されねばならぬ、
神聖な三位一体のものは〝神〟の真の息子、詩人によって荘厳に完遂され、組織されねばならぬ、
（彼は実際に諸海峡を過ぎ、山々を征服するだろう、
彼はある意図に向かってケープ・オブ・グッド・ホープを回航するだろう、）
〝自然〟と〝人類〟はもはや分離し、拡散されることはあり得ない、
〝神〟の真の息子はそれらを絶対的に鎔合《ようごう》するだろう。

六

〝年〟よ、その開《あ》けひろげられた戸口にあってわたしはうたう!
完遂された意図の〝年〟よ!
大陸と気候と大洋の結婚の〝年〟よ!
(今こそ、アドリア海を結婚させるベニス・ジェノア共和政総督などという単なるものではない、)
おお、〝年〟よ、君のうちにすべてのものを与えた、また与える広大な水陸から成る
　地球をわたしは見る、
ヨーロッパをアジア、アフリカへと結合し、またそれらを〝新世界〟へと結合した、
国々、地理はわたしの前に舞踏し、祭礼の花綵《はなづな》を手にする、
花婿と花嫁が手をつなぐように。

インドへの航旅よ！
はるかなコーカサスからの冷涼な風は人類の揺籃《ゆりかご》をなだめすかし、
ユーフラテスの川は流れ、過去は再び輝かされた。

見よ、霊魂、回顧は前の方へと持ち来たされた、
地上の国々の古い、最も人口の稠密で、最も富貴なもの、
インダス川とガンジス川とそれらの多くの支流の流水、
（わたしは、今日アメリカのこの岸辺に歩みを運びながら、あらゆるものを自分のものとして目にする、）
突如として死ぬるその征旅途上のアレクザンダの物語、
一方には支那、他方にはペルシャとアラビア、
南の方には大きな海洋とベンガル湾、
溢れるばかりの文学、驚天動地の叙事詩、宗教、世襲的階級、
際限もなく遠くさかのぼる古代の超自然的な〝梵天《ぼんてん》〟、思いやりのある年少な〝仏陀《ぶっだ》〟、

中央と南方の諸帝国と、あらゆるそれらの属領、占有者たち、
タマレーンの諸戦役、アウラングゼーブの治世、
貿易者たち、統治者たち、探検者たち、〝回教徒たち〟、〝ベニス人たち〟、〝ビザンチン人たち〟、〝アラビア人たち〟、〝ポルトガル人〟、
さらに有名な最初の旅行者たち、マルコ・ポーロ、ムーア人バトゥタ、
解決せらるべき疑問、未知の地図、埋めらるべき空白、
とどまることのない人類の足、決して休息することのない手、
おお、霊魂、挑戦を我慢することをしないところのおん身自身。

中世時代の海洋探検者たちはわたしの面前に立ち上がる、
その目ざめさせられた企図をともなった一四九二年の世界、
春の大地の樹液のように、今、人間性のうちにふくらむあるもの、
傾き衰える騎士道の落日の輝き。

そして、悲しみに沈んだ幻影よ、おん身は何ものだ？
巨大な、夢幻的な、おん身自身が幻覚だ、
堂々たる四肢と敬虔《けいけん》な喜色に輝くまなざしをして、
おん身が見るごとにまばゆい世界をまわりにひろげ、
華麗な色合いでそれを色づける。

立役者のように、
ある素晴らしい場面のなかで下手《しもて》の脚光の方へと歩みを運んで、
他のものたちを引きさらう〝提督〟その人をわたしは見る、
（勇気と、動作と、信念の史劇の典型的人物、）
見よ、彼の小船隊を率いてパーロスから船出する彼を、
見よ、彼の航海を、彼の帰還を、彼の偉大な名声を、
彼の不運を、誹謗《ひぼう》者を、見よ、鉄鎖につながれた罪人の彼を、
見よ、彼の落胆を、貧窮を、死を。

（英雄たちの努力を注視しながら、ちょうどよい時にわたしは細心の注意を払って
立っている、
遷延は長かったか？　誹謗の言葉は没義道《もぎどう》だったか、貧窮は、死は？
土のなかに幾世紀となく種子は介意せられずに横たわっていたか？　と、見よ、〃神〃
の時たがえぬ機会にこたえて、
夜暗のうちに立ち上がってそれが芽を出し、花咲くのを、
そして大地を効用と美とをもって満たすのを。）

七

げに、おお、霊魂、原初の想念への航旅、
陸地や海洋だけばかりではなく、おん身自身の澄みきった清新さ、
一孵の雛《ひな》と果花の若々しい完熟、

発芽しつつある諸聖典の領域への。
おお、霊魂よ、抑制せられることなくわたしはおん身をともない、またおん身はわたしをともない、
おん身の世界周航が始まる、
人類についていえば、彼の知的能力の帰還の航旅が、
理性の初期の楽園へ、
あと戻りし、あと戻りする、英知の生誕へ、汚れを知らぬ直観へ、
も一度美しい創造をともなって。

八

おお、わたしたちはもう待っていられない、
おお、霊魂よ、わたしたちも船に乗る、

わたしたちもまた欣然として路なしの海洋に船出する、
恍惚の波濤のうえを未知の岸辺を求めて恐れることなく、
浮動する風の真っただ中を帆走り、（おん身はわたしをおん身の方へ押しつけ、わた
　しはおん身をわたしの方へ、おお、霊魂よ、）
自由に歓び歌い、わたしたちの〝神〟の歌をうたう、
たのしい探検の頌歌《しょうか》を繰り返しながら。

笑いと数多くの接吻で、（人々をして非をとなえしめよ、人々をして罪科、良心の呵《か》
　責《しゃく》、屈辱に泣かしめよ、）
おお、霊魂よ、おん身はわたしを満足さす、わたしはおん身を。

噫《ああ》、どんな僧侶にもまさって、おお、霊魂よ、わたしたちはまた〝神〟を信ずる、
だが〝神〟の神秘についてはわたしたちは手を出すことはあえてしない。

おお、霊魂よ、おん身はわたしに喜悦を与える、わたしはおん身に、これらの海洋を
帆走り、あるいは丘々のうえを、あるいは夜暗を目ざめて居り、
水のように溢れ流れる〝時〟と〝空間〟と〝死〟の想念、物言わぬ想念は、
げに、無限の境域を通り抜けてゆくもののようにわたしを運ぶ、
その大気をわたしは吸い、そのさざなみのような音を聞き、わたしを身ぐるみ浸す、
おお、〝神〟よ、おん身のなかにわたしを水浴せしめ、おん身に登らしめよ、
わたしとわたしの霊魂がおん身と肩を並べるように。

おお、先験者である〝おん身〟、
名を持たぬ、繊維から成る物質と漂える香、
もろもろの宇宙を放射する光の光、おん身、それらの中心にあるもの、
真なるもの、善良なるもの、愛すべきもののより強い中心であるところのおん身、
道徳の、精神の泉であるおん身――愛情の根源――貯水池であるおん身、
（おお、わたしの物思いに沈む霊魂は――おお、満たされることなく渇いている――

そこで待っていることはせぬ、
全能な〝仲間〟はそこのどこかで恐らくわたしを待ってはいないだろう？）
脈搏であるおん身――星と太陽と諸天体の原動力であるおん身、
そのものは秩序を保ち、安全に、調和して動き、
空間の形体をもたぬ広大さに逆らって周行する、
もしわたし自身を除外したならば、どうしてわたしは考え、どうしてただ一度の呼吸
を呼吸し、どうして口をきくことがあり得よう、
わたしはあれらの優位なもろもろの宇宙へ乗り出すことができないのではないか？
〝神〟を考え、
〝自然〟とその驚異、〝時〟と〝空間〟と〝死〟を考えるとわたしはたちまちぐんにゃ
りとなる、
だが、ふり向いて、おお、霊魂、おん身に呼びかけるのはわたしなのだ、おん身、真
の〝わたし〟に、
そして見よ、おん身は物静かにもろもろの円球を支配し、

おん身は〝時〟を友とし、〝死〟に満足して微笑し、
そして〝空間〟の広大さを満たし、存分にふくらますのだ。

星々やもろもろの太陽よりもより大きく、
躍りながら、おお、霊魂、おん身は旅立ちをする、
おん身のものとわたしのものよりも、どんな愛がより広範に詳説することができるだろうか？
おお、霊魂、おん身のものとわたしのものにどんな気息が、願望がまさるだろうか？
どんな理想の夢々が？　純潔、完全、能力のどんな計画が？
すべてのものを放棄する他人に役立つためのどんな気さくな快活さが？
すべてのものに打ち悩む他人に役立つための？

正面《まとも》に想像する、おお、霊魂、現代が成就され、
海洋がすべて横切られ、岬の風上に出て、航海が終わり、

おん身が囲繞《いにょう》されたとき、頂層をつけ、〝神〟に面と向かい、報酬をもたらし、目的
は達せられたのだ、
あたかも友情、完全な愛をもって満たされて〝兄〟が発見した、
〝弟〟が彼の双腕のなかに可愛がられて融解する。

九

インドより一層遠くへの航旅よ！
おん身の翼はほんとにそのような遠方への飛翔《ひしょう》のために羽毛がつけられているのか？
おお、霊魂、おん身はほんとにそれらのような諸航海を航海しつづけるのか？
おん身はそれらと同じように、そのように水の上で楽しむのか？
梵語《ぼんご》とベーダ諸経典をこの世で響きわたらせるのか？
その場合にはおん身の彎曲《わんきょく》は革紐のつなぎを解かれたのだ。

君、君の岸辺岸辺、汝、年老いた残忍なもろもろの謎への航旅よ！
君への、汝、絞殺するもろもろの難問題、君に主人たることへの航旅よ！
骸骨の難破船でばらまかれて、生きて決して到達することのなかったところの君。

インドより一層遠くへの航旅よ！
おお、大地と大空の秘密よ！
君の、おお、海洋の水よ！　おお、曲がりくねった小川と川々よ！
君の、おお、森と野よ！　君の、わが国土の容易に崩れぬ山々よ！
君の、おお、無樹の大草原よ！　君の灰色の岩塔よ！
おお、朝紅よ！　おお、雲々よ！　おお、雨と雪よ！
おお、昼と夜、君への航旅よ！
おお、太陽と月とあらゆる君たち星々よ！　狼星と木星よ！
君たちへの航旅よ！

航旅、直航旅よ！　わたしの脈管のなかで血が燃える！

猶予せずに、おお、霊魂よ！　すぐに錨《いかり》を巻き上げろ！

錨索《いかりづな》をぶち断れ——船をもっと風上に向けろ——総帆をひろげろ！

わたしたちは土中の樹木のように、ここに長く立ちどまり過ぎたのではないか？

わたしたちは下等動物のように食いかつ飲んで、ここに長く腹ばって居過ぎたのではないか？

わたしたちは書物でもってわたしたち自身を長く昏惑《こんわく》の度を増し、茫然たらしめ過ぎたのではないか？

帆走り出よう——深海のためにだけ船をあやつろう、
おお、霊魂、顧慮することなく探検しよう、わたしはおん身たちと一緒であり、またおん身たちはわたしと一緒なのだ、
なぜとなれば航海者たちがいまだかつてあえて行くことのなかったところへとわたし

たちは船出するのだ、
そしてわたしたちは船を賭ける、わたしたち自身とあらゆる人々を。

おお、わたしの勇敢な霊魂よ！
おお、さらに遠く、さらに遠くへの帆走！
おお、大胆な歓喜、だが、安全な！　それらはすべて〝神〟の海洋ではないか？
おお、さらに遠く、さらに遠くへの帆走！

後記

新しい刊本の排印を世におくり出すに当って、簡略ながらその経過を一言する。日くれて道遠しの感がせぬでもなかったが、つね日ごろ、気にかかっていた旧訳を改訳するいい機会でもあると考えて、われながら慎重を欠いた受諾ではあったが踏み切った。ところが、いざ作業にかかってみると、あらためて全く困難の連続であることをおもい知らされた。と、いうのは僅か十行にも足りぬ一篇を訳すのに、その会心の適訳を得るために、幾昼夜も輾転反側するという、訳者不敏の致すところとはいえ、文字通り致命的な現実に逢着する始末である。たとえば本刊本収録の第一詩に例をとってみても、シェイクスピア的語法に従えば *Caesar's s-self* を、シイザー自身と訳すのが本筋であるように *ONE'S S-SELF* は、〝人（それ）自身〟とするのが適正に近いであろうが、自分としてはどうしても〝人の自主〟というやや生硬で、不熟な訳語に終始する独断を敢えて固執せざるを得なかったような場合を読者は随処に見出されることであろうが、これは甘んじて批判を受けるつもりである。言いわけめいて、気がひけるが、そうそう時日を仮してもらう恣意を通すことが許されず、下世話にいう〝染めかえし〟、〝洗い張り〟どころか、せいぜいのところ、〝ほころびつくろい〟、〝つまみ洗い〟程度でお茶をにごすというまことに不本意きわまる仕儀と相成った。かえすがえすも心外で、申しわけない感じでいっぱいである。だが、往年とはちがって、現在では訳者を異にするホイットマン詩のすぐれた訳著類も相当数の刊行をみるにいたっているし、現にぼう大な〝草の葉〟の全訳を収録した刊本も、管見によれば二種も刊行されていて、容易に入手の機会に恵まれている現状である。恥の上塗りのような拙訳も自責の念の禁じ得ないのは致し方ないとして、多少の意義はあるかとおもう。

*

この刊本の企画に、直接の契機を与えられた池田大作創価学会会長の激励に感謝し、同時にまた前刊本を底本として使用することに快く認諾を与えられた朝日新聞社に対し、また予後加養中にもかかわらずそのあっせんの労を執られた嘉治隆一氏、なお前版発行当時、その造本工程でおかした、原著者の肖像についての重大なミスに対して与えられた教示に関して長沼重隆氏にあらためてこの機会に感謝の意を表する。
末筆ではあるが、新版では、二三の例外をのぞいて、使用漢字、カナづかい等すべて版元グラフ社の配慮によるところ甚大であったことを銘記する。

（芦屋・一九七一年秋）

＊本書は株式会社グラフ社の諒解を得て、
グラフ社版『詩集 草の葉』を収録したものです。

〈著者略歴〉
WALT WHITMAN（ウォルト・ホイットマン）
1819年5月31日、アメリカ・ニューヨーク州ロング・アイランド（パウマノク）に大工の子ウォルター・ホイットマンとして生まれる。
弁護士や医師の給仕、印刷工、小学校教師、新聞記者等を転々としながら、1855年、36歳の時『草の葉』を出版、民衆の普遍的な人間性という民主的人間観をうたいあげる。1892年3月26日、ニュージャージー州カムデンで72歳の生涯を閉じる。

〈訳者略歴〉
富田砕花（とみた・さいか）
1890年11月15日、岩手県盛岡市に生まれる。本名、戒治郎。
日本大学殖民科卒業。詩人、歌人。大正３年『異端』同人。
昭和期に入り晩年まで兵庫県芦屋市に居住。1984年10月17日、逝去。
主要著書　詩集『末日頌』『地の子』『「時代」の手』、
歌集『悲しき愛』、翻訳『民主主義の方へ』『カアペンタア詩集』等がある。

詩集《ししゅう》　草《くさ》の葉《は》　　**第三文明選書12**

2018年7月3日　初版第1刷発行

著　者　ウォルト・ホイットマン
訳　者　富田砕花《とみたさいか》
発行者　大島光明
発行所　株式会社　第三文明社
東京都新宿区新宿 1-23-5　郵便番号　160-0022
電話番号　03(5269)7144　（営業代表）
03(5269)7145　（注文専用ダイヤル）
03(5269)7154　（編集代表）
URL　http://www.daisanbunmei.co.jp/
振替口座　00150-3-117823

印刷所　図書印刷株式会社
製本所　株式会社 星共社

ISBN　978-4-476-18012-1